共和国故事

西南通途
——成昆铁路设计施工与建成通车

张学亮 编写

吉林出版集团股份有限公司

图书在版编目（CIP）数据

西南通途：成昆铁路设计施工与建成通车/张学亮编. ——长春：吉林出版集团股份有限公司，2009.12

（共和国故事）

ISBN 978-7-5463-1867-7

Ⅰ．①西… Ⅱ．①张… Ⅲ．①纪实文学–中国–当代 Ⅳ．①I25

中国版本图书馆 CIP 数据核字（2009）第 237791 号

西南通途——成昆铁路设计施工与建成通车

XINAN TONGTU　　CHENGKUN TIELU SHEJI SHIGONG YU JIANCHENG TONGCHE

编写	张学亮
责任编辑	祖航　蔡大东
出版发行	吉林出版集团股份有限公司
印刷	三河市嵩川印刷有限公司
版次	2010 年 1 月第 1 版　　2022 年 1 月第 8 次印刷
开本	710mm×1000mm　1/16　　印张　8　字数　69 千
书号	ISBN 978-7-5463-1867-7　　定价　29.80 元
社址	吉林省长春市福祉大路 5788 号
电话	0431–81629968
电子邮箱	tuzi8818@126.com

版权所有　翻印必究

如有印装质量问题，请寄本社退换

前　言

自 1949 年 10 月 1 日中华人民共和国成立至今，新中国已走过了 60 年的风雨历程。历史是一面镜子，我们可以从多视角、多侧面对其进行解读。然而有一点是可以肯定的，那就是，半个多世纪以来，在中国共产党的领导下，中国的政治、经济、军事、外交、文化、教育、科技、社会、民生等领域，都发生了深刻的变化，中国人民站起来了，中华民族已屹立于世界民族之林。

60 年是短暂的，但这 60 年带给中国的却是极不平凡的。60 年的神州大地经历了沧桑巨变。从开国大典到 60 年国庆盛典，从经济战线上的三大战役到经济总量居世界第三位，从对农业、手工业、资本主义工商业的三大改造到社会主义市场经济体制的基本确立，从宜将剩勇追穷寇到建立了强大的国防军，从废除一切不平等条约到独立自主的和平外交政策，从"双百"方针到体制改革后的文化事业欣欣向荣，从扫除文盲到实施科教兴国战略建设新型国家，从翻身解放到实现小康社会，凡此种种，中国人民在每个领域无不留下发展的足迹，写就不朽的诗篇。

60 年的时间在历史的长河中可谓沧海一粟。其间究竟发生了些什么，怎样发生的，过程怎样，结果如何，却非人人都清楚知道的。对此，亲身经历者或可鲜活如昨，但对后来者来说却可能只是一个概念,对某段历史的记忆影像或不存在,或是模糊的。基于此,为了让年轻人,特别是青少年永远铭记共和国这段不朽的历史,我们推出了这套《共和国故事》。

《共和国故事》虽为故事,但却与戏说无关,我们不过是想借助通俗、富于感染力的文字记录这段历史。在丛书的谋篇布局上,我们尽量选取各个时代具有代表性或深具普遍意义的若干事件加以叙述,使其能反映共和国发展的全景和脉络。为了使题目的设置不至于因大而空,我们着眼于每一重大历史事件的缘起、过程、结局、时间、地点、人物等,抓住点滴和些许小事,力求通透。

历史是复杂的,事态的发展因素也是多方面的。由于叙述者的视角、文化构成不同,对事件的认知或有不足,但这不会影响我们对整个历史事件的判断和思考,至于它能否清晰地表达出我们编辑这套书的本意,那只能交给读者去评判了。

这套丛书可谓是一部书写红色记忆的读物,它对于了解共和国的历史、中国共产党的英明领导和中国人民的伟大实践都是不可或缺的。同时,这套丛书又是一套普及性读物,既针对重点阅读人群,也适宜在全民中推广。相信它必将在我国开展的全民阅读活动中发挥大的作用,成为装备中小学图书馆、农家书屋、社区书屋、机关及企事业单位职工图书室、连队图书室等的重点选择对象。

编　者

2010年1月

目录

一、中央决策与规划
毛泽东说成昆铁路要快修/002
中央决策修建成昆铁路/011
周恩来重新部署修建成昆铁路/016

二、路线勘测与设计
早期对成昆线路的勘测/020
重新组建成昆铁路勘察队/026
地质队来到金沙江畔/032
地质队完成全线踏勘/042

三、铁路建设与施工
修建成都至眉山段/054
修建眉山至普雄段/061
修建普雄至西昌段/070
修建西昌至金江段/075
修建金江至广通段/086
修建广通至昆明段/096

四、铁路通车与启用
西昌举行铁路通车典礼/108
专家考察成昆铁路/114
评选为联合国特别奖/116

一、中央决策与规划

● 毛泽东发出指示："成昆路要快修！川黔、滇黔路也要快修。定要保这3条路，投资、材料要多想办法。"

● 周恩来批示："修成昆路，朱委员长提议，主席同意，使用铁道兵修。"

● 西南铁路工地指挥部党委发布命令："川黔、贵昆、成昆三线同时开工，加快进度。集中兵力，抢建成昆线，采取南北并进，西昌会师的方案，争取于1968年7月1日建成通车。"

毛泽东说成昆铁路要快修

60年代初,毛泽东和中共中央作出一项重大的战略决策,集中力量进行中国的大三线建设,其中修建成昆铁路等西南3条铁路,是这个战略决策的重要组成部分。

毛泽东提出三线建设的战略构想,他指出:

> 把全国划分为前线、中间地带和战略后方,分别简称为一线、二线和大三线。
>
> 按照中国军事经济地理区划,沿海地区是第一线,包括沿海和边疆省区,如北京、上海、天津、辽宁、黑龙江、吉林、新疆、西藏、内蒙古、山东、江苏、浙江、福建、广东等。
>
> 三线则是指长城以南、广东省韶关以北、京广铁路以西、甘肃乌鞘岭以东的广大地区,包括基本属于内地的四川、贵州、云南、陕西、甘肃、宁夏、青海7个省区及山西、河北、河南、湖南、湖北、广西等省区靠内地的一部分,共涉及13个省区。
>
> 四川、云南、贵州及湘西、鄂西为西南三线,陕、甘、宁、青及豫西、晋西为西北三线。
>
> 相对于西北、西南的大三线,中部及沿海

地区腹地称小三线。

　　介于一、三线地区之间地带,就是二线地区。

在那个风云动荡的年代,年轻的共和国刚刚走出饥饿困境,又面临反华浪潮的重重包围,承受着沉重的国际压力。

1960年中苏两国的关系急剧恶化,苏联在我国北部边境陈兵百万,对我国虎视眈眈。

盘踞在台湾的蒋介石政权咄咄逼人,妄图反攻大陆。

1962年,印度在中印边境挑起事端,直接导致中印军事冲突。

1964年,美国制定了绝密报告《针对共产党中国核设施进行直接行动的基础》,试图出动空军袭击中国即将进行第一颗原子弹实验的核基地,并打算联合苏联进行。

美国总统约翰逊和国务卿腊斯克、国防部长麦克纳马拉就此进行了讨论,并与台湾进行了具体商议。

美军在台湾海峡举行了核战争演习。

1964年8月2日,北部湾事件爆发,美国驱逐舰"马克多斯"号与越南海军鱼雷舰发生激战,美国第七舰队125艘军舰、600余架飞机开进北部湾,悍然袭击越南北部。

越南战争规模扩大,并延到中国南部地区,海南岛和北部湾沿岸都落下了美国的炸弹和导弹,直接威胁中国安全。

白宫扬言要教训中国，形势一度非常紧张。

这期间，毛泽东根据形势判断，当即告诫全国：

要准备打仗，准备大打，准备打常规战争，也要准备打核战争！

1964年5月到8月间，毛泽东多次就三线建设问题同中共中央和国务院有关部门负责人谈话，反复强调了建设三线的重要性。

在1964年6月6日的中央工作会议上，毛泽东做了讲话，讲话集中在两个方面：

1. 改变计划方法，过去制订计划的方法基本上是学苏联的，先定下多少钢，然后根据它来计算要多少煤炭、电力和运输力量，再计算要增加多少城镇人口、多少福利。

钢的产量变小，别的跟着减。这是摇计算机的办法，不符合实际，行不通。这样计算，把老天爷计算不进去，国际援助也计划不进去，天灾来了，偏不给你们那么多粮食，城市人口不增加那么多，别的就落空。打仗计划不进去，国际援助也计划不进去。

要改革计划方法，这是一个革命。学上了

苏联方法以后,成了习惯势力,似乎难以改变。这几年我摸索出了一些方法,我们的方针是以农业为基础,以工业为主导。

按照这个方针制订计划,先看能生产多少粮食,再看需要多少化肥、农药、机械、钢铁,还要考虑打仗的需要。

2. 进行战备,只要帝国主义存在,就有战争的危险。我们不是帝国主义的参谋长,不晓得他们什么时候要打仗。决定战争最后胜利的不是原子弹,而是常规武器。

要搞三线的工业基础的建设,一、二线也要搞点军事工业。各省都要有军事工业,要自己造步枪、冲锋枪、轻重机枪、迫击炮、子弹、炸药。有了这些东西,就放心了。

总参谋部向中央的报告中谈道:

在敌人突然袭击时情况相当严重。

第一,工业过于集中。全国14个百万以上人口大城市,就集中了约60%的主要民用机械和52%的国防工业。

第二,大城市人口多。全国14个百万人口的大城市,大都在沿海地区,防空问题尚无有效措施。

第三，主要铁路枢纽、桥梁和港口码头多在大城市附近，还缺乏应付敌人袭击的措施。

第四，所有水库的紧急泄水能力都很小，一旦遭到破坏，将酿成巨大灾害。

除国防工业外，三年自然灾害的痛苦教训，使人们对于保证基本日常生活用品和食品的要求殊为迫切。

早在1964年2月到4月，农业、财政、工交三口长期规划会议先后召开。

谭震林主持研究落实5亿亩稳产高产农田的建设问题。

李先念主持财贸会议讨论农产品收购政策。

薄一波主持工交会议。

长期规划会议认为：

"三五"计划的中心任务，一是按不高的标准基本上解决吃穿用，1970年粮食达到6000亿斤左右，衣着消费量达到人均24尺左右；二是兼顾国防，解决国防所需的常规武器，突破国防尖端技术；三是加强基础工业对农业和国防工业的支援。归纳起来就是：吃穿用第一，基础工业第二，国防第三。

毛泽东对这个计划安排显然不满意。

5月27日，毛泽东找来刘少奇、周恩来、邓小平、李富春、彭真、罗瑞卿等人谈了他的一些看法。

毛泽东从存在着战争严重威胁的估计出发，他提出：

在原子弹时期，没有后方不行。"三五"计划要考虑解决全国工业布局不平衡的问题，要搞一、二、三线的战略布局，加强三线建设，防备敌人的入侵。

毛泽东说：

大家如果不赞成，我就到成都、西昌开会。前一个时期，我们忽视利用原有的沿海基地，后来经过提醒，注意了，最近这几年又忽视屁股和后方了。

毛泽东的态度迅速扭转了大家的认识。第二天，各人发言陆续表态。

李富春说：

还有两个战略布局问题我们在计划中注意不够，一个是工业布局的纵深配备问题。现在是原子时代，我们整个工业的战略布局，必须要真正重视建设后方，搞纵深配备，战略展开。可是我们在计划中间对西南的建设就注意不够。比如铁路修建，成昆路没有安排，湘黔路只安排了一半。

周恩来说：

这个计划一看就看得出来，不仅成昆铁路跟张家口到白城子的铁路没有列上，就是拿整个运输力量跟整个生产量的对比来计算也能看出，交通运输方面的安排是通不过的。这就是说，这个布局是不完全的。基础工业上不来，怎么能够支援农业跟照顾国防呢？

刘少奇着重讲了控制基本建设规模。他说：

昨天在主席那里谈的基本的一点，就是搞四川这个第三线，现在要准备，要着手。现在不着手，耽误了时间，将来不利……最近的确是有这样一个苗头，一放松大家就放手去干，这个苗头继续发展下去，就又要发生过去基本建设战线过长等问题。酒泉似乎也可以慢一点。

经过讨论，大家取得了一致的意见，决定把毛泽东

的意见和"初步设想"结合起来,在逐步解决吃穿用问题的同时,加强三线建设。

毛泽东在会议上明确指出:

> 要有第三线,要搞西南后方,在西南形成冶金、国防、石油、铁路、煤、机械工业基地。

毛泽东的话引起了与会者的共鸣,大家一致拥护他的主张:

> 在加强农业生产、解决人民吃穿用的同时,迅速展开三线建设,加强战备。

毛泽东同时考虑到,由于地理和历史的原因,当时中国70%的工业分布于东北和沿海地区,从军事经济学的角度看,这种工业布局显得非常脆弱,东北的重工业完全处于苏联的轰炸机和中短程导弹的射程之内。

毛泽东还想到,在沿海地区,以上海为中心的华东工业区则完全暴露在美国航空母舰的攻击范围中。

毛泽东担心,一旦战争开始,中国的工业将很快陷入瘫痪。

同月,中央作出加快内地经济建设和国防建设的大三线战略决策后,毛泽东当即发出指示,他指出:

成昆路要快修！川黔、滇黔路也要快修。定要保这3条路，投资、材料要多想办法。

毛泽东进一步对赴任西南三线铁路建设副总指挥的彭德怀说：

铁路修不好，我睡不好觉。没有钱，就把我的工资、稿费拿出来。没有路，骑毛驴去，一定要把成昆铁路打通。

中央决策修建成昆铁路

1964年5月15日到6月17日，中共中央在北京召开中央工作会议，会议就进行大三线建设作出了决定。

周恩来接着召开国务院会议，具体研究了大三线建设的组织实施问题。

根据中共中央的决策，所作的总体部署之一是：

决定调集铁道兵、铁路职工和民工30余万人，展开西南3条铁路建设大会战。

1964年5月30日，周恩来在总参谋长罗瑞卿关于铁道兵工作的一份报告上批示：

修成昆路，朱委员长提议，主席同意，使用铁道兵修。

于是，中央军委决定调遣铁道兵5个师，扩编到18万人，参加成昆铁路大会战。

1964年7月27日，一个关于成昆线命运的会议在西昌召开。

铁道部部长吕正操专程从北京赶来参加，中共中央和国务院从当时的国际环境考虑，作出了将一部分对国家经济及国防建设有重大影响的电子、能源、航空、兵器等相关工业相继内迁西南、西北等战略纵深地区的决定，以保存自己的力量。

这场工业"大搬家"，定名为"大三线建设"。

中南海会议后，大三线建设拉开了帷幕，以四川为中心，众多与国防相关的工程纷纷启动。

在实际实施上，就是在西南，部署全套独立完整、门类齐全、互相协调、实用实战的交通能源、基础工业及国防工业体系，中央的用心实在良苦。

中央从最极端的情况考虑，如果再次发生像抗日战争那样的恶劣局面，即使大片国土沦陷，中央退守到西南一隅，成为一个"缩微中国"，也依然要具备自给自足、坚守防御、等候反攻的能力。

中央从国家安全的战略考虑，必须考虑到最困难最为不利的极端情况。

中央决策，四川大三线建设头3年的最重要项目是"两基一线"。"两基"就是以重庆为中心的常规兵器工业基地和以攀枝花为中心的钢铁工业基地，以其作为战时军工生产的核心。"一线"就是修建成昆铁路干线，解决西南地区交通问题，满足工业的能源、原材料、零部件以及产成品的运输。

早在1958年7月，成昆铁路成都至峨眉段就已经开工，钢铁基地就已经上马。

1954年6月,南京大学地质系师生在川滇交界的暑期找矿实习,偶然发现了一个非常具有综合利用价值的巨型宝藏:7亿吨铁矿石储量、3亿吨煤炭储量、800万吨二氧化钛储量、200万吨五氧化二钒储量,以及钼、镍金、铂族、稀有金属和非金属矿等50余种。

同时,他们进一步勘测预知,周边地区还有几十亿吨的远景储量。

在铁矿资源较少、品位普遍低下的中国,这一发现震动了中国的决策者们。

1958年7月,成昆铁路北段就已经开工了。1959年4月,除少数地段还维持施工以外,其余都已经下马停工。1960年再度上马,计划1961年底通车到西昌,不久却又再度下马。1961年5月,成昆铁路第三次开工,预期1963年把铁轨铺到西昌。但到了1962年,计划却又一次被搁置了。

而南段除碧鸡关隧道曾于1960年2月开工不久就停工外,其余地段均未施工。

5年之中,成昆铁路几上几下,仅仅铺轨成都至青龙场61.5公里。

由于国家实行调整压缩方针,5年间两项工程均时断时续,不过成昆铁路的补充勘测及优化设计工作仍在进行。

根据毛泽东"成昆铁路要快修"的指示,国务院、中央军委采取了一系列加快成昆铁路建设的重大措施。

中央决定，由中共中央西南局主持，组成有铁道部、铁道兵主要领导参加的西南铁路建设总指挥部，李井泉任总指挥。

总指挥部下设工地指挥部、技术委员会和支援铁路建设委员会。任命吕正操为工地指挥部司令员兼政治委员，郭维城为副司令员，刘建章为副政治委员，彭敏任总工程师，统一领导和指挥以铁道兵第一、五、七、八、十师和铁道部第二工程局为主力，并有铁道部第四工程局三处、大桥工程局、电务总队、机械团及成都、昆明铁路局和沿线地方民工参加组成的共30万人的筑路队伍，迅速在北段成都至西昌、南段西昌至昆明全面展开施工。

中央对建设成昆铁路的具体要求是三高一低：高速度、高质量、高标准、低造价。

中央还提出八字方针：从难、从严、落实、过硬。中央并提出，成昆铁路定于1968年7月1日全线接轨通车。

1964年11月，邓小平率领李富春、薄一波等亲自赴两点一线考察。他们亲临工地视察，并提出加快铁路建设的具体的指导性意见。

西南铁路工地指挥部党委经研究后，发布命令：

> 川黔、贵昆、成昆三线同时开工，加快进度。首先抢通川黔线，要求于1965年"八一"

接轨,"十一"通车。其次完成贵昆线,要求于1966年"五一"接轨,"十一"通车。最后集中兵力,抢建成昆线,采取南北并进,西昌会师的方案,争取于1968年7月1日建成通车。

周恩来重新部署修建成昆铁路

1969年1月,根据周恩来总理的指示,国家计委、建委确定:铁道兵负责施工的西南铁路建设,包括成昆线(礼州以南)、渝达线、襄成线和渡口支线,连同京原线、嫩林线的计划、投资,从1969年起,由铁道兵在国家单立户头。

1969年5月12日,周总理主持召开三线建设会议,决定西南三线建设委员会,以四川省为主,云南、贵州、中央有关部门参加。

周恩来同时宣布,撤销原西南铁路建设工程指挥部,西南铁路建设由铁道兵统一组织指挥。

根据上述决定,铁道兵党委调参谋长兼大兴安岭林区会战指挥所司令员何辉燕参加西南三线建设委员会。

何辉燕在成都成立铁道兵西南指挥部,负责成昆线、渝达线和襄成线西段的部队以及在西南的工厂、仓库等单位的党政、军事行政领导工作。

当时,苏联出于自身对西伯利亚以远控制能力脆弱的担心,对中国在远东具有的绝对地缘优势和急剧增强的优势满怀戒意,认为中国的工业化和战略力量成长意味着自己远东存在的结束。

中苏间的敌对已在所难免。自1965年末起,苏军在中苏边境布置了 55 个步兵师，12 个战役火箭师，10 个坦克师，4 个空军军团，总兵力 100 万以上，除帕米尔高原无人区外，在长达 1800 公里的我西北边境线上重兵压境。

在珍宝岛之战后紧迫的国际形势下，周恩来代表中共中央、国务院、中央军委发出命令：

成昆铁路务必于 1970 年 7 月 1 日全线通车。

1969 年 9 月，柯西金秘密来访，代表苏联政府表达双方相互妥协的意愿，但中央政府依然不敢把一个偌大的国家维系在别人的承诺上。

周恩来随即指令新成立的铁道兵西南指挥部统一领导施工。

和前几次成昆铁路的上马的最大区别是，这一次中央提出了要地质先行，把设计之前的工程地质勘察放在了突出位置。

中央总结了成昆铁路几起几落的经验和教训，明白了工程地质问题如果得不到解决，成昆铁路的建成通车就无从谈起。

指挥部党委决定铁道兵各部队的部署：

吴场至金口河、礼州至米易，由第十师施工。米易至三堆子，由第五师施工。庆门口至新江、蜜蜂箐 2 号隧道出口至空心山隧道时，由第七师施工。黄瓜园至蜜蜂箐 2 号隧道出口，由第八师施工。新江至黄瓜园、空心山隧道时口至昆明，由第一师施工。成都至吴场、金口河至礼州段由铁道部第二工程局承担。

筑路大军奋起响应，短短数十天内，数万铁路员工兼程返回工地，并迅速打开了施工的局面。

二、路线勘测与设计

- 铁道部鉴定成昆铁路初步设计认为：西线方案经过县市多，吸引范围广，沿线煤炭和钢铁等资源丰富，线路靠近拟定要建设的攀枝花钢铁基地。

- 旷伏兆副部长宣布决定："中央决定全面修建成昆铁路，为了查清铁路沿线的工程地质问题，为铁路的成功修建提供最基础的保障，地质部决定成立西南工程地质组。"

- 水文地质工程地质专家朱学稳将它们科学地总结为8个字："早进晚出、桥隧相连。"

早期对成昆线路的勘测

1952 年,中央人民政府在成渝铁路建成通车后,修建宝成铁路的同时,就已经开始研究成昆铁路的走向。

中央下达任务后,西南铁路设计处经过数年努力,初步步勘、草测后,提出了东线、中线、西线三大线路走向的比较方案。

1952 年初,西南铁路设计处开始对成都到昆明的铁路走向进行了下述三个方案的比较:

一是由成都经内江、宜宾、云南的彝良、威宁、沾益至昆明,称为东线方案。

二是由成都经内江、宜宾溯金沙江而上,入小川到昆明,称为中线方案。

三是由成都经眉山、峨边、喜德、西昌、广通至昆明,称为西线方案。

郭彝老工程师为队长率领第三草测队承担中线方案,蓝田老工程师为队长率第五草测队承担西线方案,十八总队承担东线方案。

1952 年底,蓝田率领郭彝、张庚融、容永乐、王昌邦、宾鹏抟、李陶、孟子成 7 人,组成勘察小分队,从宜宾出发，沿金沙江而上，开始了成昆铁路首次踏勘。

小分队成员中有国内一流的选线专家和地质构造专家，由彝族群众当向导，还有多名彝族公安武装保护。

小分队在地方治安部队的配合下，拂晓前用溜索渡过了波涛翻滚的金沙江。

前来迎接他们的彝族干部呷木等人早已等候在江边。

过江后，小分队继续踏勘。

他们为了避免和土匪遭遇，所走的地方既要考虑线路踏勘方向，又要预防土匪的骚扰，几乎都是崇山峻岭，悬崖绝壁。

即使这样，他们也经常会遇到残匪对他们施放冷枪。

小分队进凉山后就下起了大雪，不时还能听见枪声，他们每到一地必须与当地彝族头人洽谈。

他们当时没有可靠的五万分之一地形图，需要实地选线，实测十万分之一带状地形图。

勘测队日行10公里，夜宿山洞或者露营，打着手电筒写资料，用背包当桌子。

他们翻山越岭时，常常需要手脚并用。有一名彝族向导，在翻越大山时手一滑，掉进了万丈深谷。

在大渡河畔，炊事员到河边去抓被水冲走的木勺，一不小心，眨眼就被卷进汹涌的波涛。

勘测队踏勘了普雄瓦基木梁子后，晚上又下起大雪。他们四处寻找，终于发现山坡上有一个石屋，大家赶快往那里奔。

他们走到时，小屋的主人已经睡了。

蓝田示意队员们不要惊动主人。

大家都感觉风雪像刀子一样割人，又冷又饿，这时，大家发现了石屋后面有一个羊圈，他们就顾不了许多，纷纷进了羊圈，每人抱着一只羊取暖。

羊突然叫起来，石屋内的主人以为有野兽叼羊，就开了枪。

经彝族向导对主人说明解释一番后，主人马上请他们进屋杀乳猪喝酒。

还有一天，他们上山勘测，只留下杨太明一人守着钻井机和帐篷里的大量器材。

等勘测队回来时，却发现杨太明被杀害在钻井机旁，帐篷里的两支枪也不翼而飞。

大家买了几块木板为杨太明凑了一副棺材，把他抬到越西，以后重做了棺材，立碑厚葬。

就在那一带，他们寻找到铁路越岭的最薄垭口，选出了沙木拉达隧道的越岭方案。

过了金沙江，他们又沿小江到昆明，再由普渡河跨金沙江，沿普渡河经会理至西昌。

经过长年累月的地质研究和徒步踏勘，他们提出了东线、中线、西线三大线路走向的比较方案。

1953年3月，铁道部西南设计分局布克局长和史晓昭副局长，陪同苏联线路专家基甫卡罗和地质专家来西昌评审方案。

会上，勘测队分别介绍了中、东、西 3 个方案的草测情况。

苏联专家听完后认为，东线方案仅做了部分草测，未能拉通，其余地段用旧军事地图拼接定线，资料不全，不能列入比较方案。

郭彝老工程师介绍了中线方案的特点：线路最短，金沙江河床平均坡度很小。

郭彝同时认为，西线线路虽然长，而且地质条件复杂，但通过少数民族地区，对发展少数民族地区经济和政治意义较大，建议采用西线方案。

基甫卡罗立即反驳说："发展民族经济和政治作用是领导考虑的问题，你是一位老工程师，选线不从技术标准的优越和营运条件的好坏着想，你失去了做工程师的资格！中线方案金沙江河床平缓，线路可选用千分之三的限制坡度，线路短，全线起伏又小，运营条件优越，中线方案是最好的方案。"

苏联铁路专家坚持认为，三线方案中只有中线可行，因为东西两线修建难度大，而中线相对容易，另二线尤其是西线根本就无法修建铁路。

苏联专家重点提出，在西线方案中，乌斯河到红峰好几个关键地带，铁路休想通过。

但勘测队认为，东西线沿线辐射人口多，中线辐射人口少，尤其是西线经过即将开发的钢铁工业基地，意义重大。

勘测队主张采用长隧道降低越岭高程，在单线上的隧道长度可以冲破以往的长度，提出了选线技术上许多罕见的盘山展线方案。

后来，勘测队又陪同苏联专家组踏勘了铁路走向上的几个重点地区。苏联专家一到大渡河谷，他们就说到了地狱之门。

各种方案上报北京后，在铁道部也同样产生了争论。

周恩来召集各方权威部门反复研究，最终否定了苏联专家建议的方案。

接下来，勘测队又一次次重返崇山峻岭，进一步勘测。

几年中，勘测队徒步勘测了相当于 10 倍成昆线的 1 万多公里山川，测绘了 1.4 万多平方公里的面积，进行了 1 万多组地质试验和 20 多万米地质钻探，勘测设计规模在中国铁路史上绝无仅有。

参与初步勘察的几名外国专家，看到沿线的悬崖峭壁和广泛发育的地质灾害后，摇头叹息，断言这里是不能修路的禁区。

苏联铁路专家甚至说，中国人要修成昆线简直是疯了！

1955 年，铁道部鉴定成昆铁路初步设计时，大家一致认为：

西线方案经过县市多，吸引范围广，沿线

煤炭和钢铁等资源丰富，线路靠近拟定要建设的攀枝花钢铁基地。农业发达，在路网布局和巩固国防上具有重要意义。

因而，铁道部重新确定了由成都经峨眉、普雄、西昌、金江、龙阶至昆明的西线方案。

重新组建成昆铁路勘察队

1964年5月,中央作出再次上马修建成昆铁路的决定之后,郑重指示:

地质部要以最快速度组建起一支精干高效的勘察队伍,全面查清成昆铁路沿线的工程地质问题,为这条具有深远战略意义的大动脉提供坚实的基础保障。

中央要求队伍组建后,务必在6个月内全面完成勘察任务。

中央考虑到铁路部门也有一些勘察力量,于是按照当时的分工,平原地区的勘察归铁路部门负责,而山区的勘察任务则全部落在了地质部勘探队员的头上。

1964年夏天,地质部旷伏兆副部长带团赴云、贵、川进行三线建设考察。

旷伏兆接到通知后,当即将刘广润列为考察团成员。刘广润年仅35岁,担任地质部三峡水文队技术负责人。

出发前,刘广润得知自己的主要任务是考察即将修建的金沙江大桥的工程地质问题。

考察团的聚会地点在成都。刘广润先从宜昌取道武汉，因为他的妻子在武汉。

刘广润的妻子是一名从事化验工作的地质技术人员，当时正在武汉的娘家待产，这是他们的第一个孩子。

见到丈夫，妻子格外兴奋。此前，她还一直担心工作繁忙的丈夫不能来陪伴自己。

可是，板凳还没有坐热，刘广润就说又要和她分别了。

也许是地质队员的妻子的共性吧，她们早已经习惯了丈夫栖居地点的不停变化，习惯了和丈夫长期分离。就像对待刘广润平时出队一样，妻子没有表示反对，但是刘广润出门的那一刻，她还是落泪了。

刘广润说："那毕竟是我们的第一个孩子。"

刘广润一到成都，就接到电报，说孩子出生了，是个儿子。

考察进行得很顺利。9月下旬完成考察后，刘广润决定坐火车从成都到重庆，然后走水路回武汉。

这时的刘广润已经是一个父亲兼丈夫的角色了。他的工资不高，但还是在成都给妻子和那个没有见过面的儿子买了点小礼品。

火车就要进重庆站了，刘广润开始收拾行李物品。就在这个时候，列车的广播室突然开始广播，通知地质部三峡水文队的刘广润立即返回成都，参加一个重要会议。

刘广润在心里嘀咕了一下："任务发生变化了？"

刘广润看了看提在手中的给妻子和孩子买的礼物，二话没说，下车后连站都没出，立刻搭乘另一趟火车返回成都。

谭开鸥也是地质队员。当时她还是一个离校不久的大学生，1964年9月下旬，谭开鸥把还只有3个月大的孩子放在了姥姥家，自己就去了分队。

谭开鸥的丈夫李玉生是和她同一届毕业的校友，也在野外一线工作。

那天晚上，出了一天野外的地质队员们都很累了，整理完资料就早早地上床休息了。

凌晨两点钟，分队的集合号刺耳地响了起来。当他们睡眼蒙眬地来到一块空地上的时候，大家都感觉到了气氛异常。

看人到齐了，大队长贾志斌神情严肃地说："今天是个光荣的日子。几个小时前，我接到上级命令。说，毛主席说了，成昆铁路要快修。成昆铁路一天修不通，他就睡不着觉。我想，既然毛主席都睡不着觉，那么我也就不能睡。而且，我想我们在场的每一个人也都睡不着觉。所以我就连夜赶到了分队。"

随后，贾志斌说："苏联人说了，成昆铁路是修不通的。但是我们中国人不靠他们，也不信他们那一套，我们中国人要自己修。"

说完，贾志斌就开始点名，他要求点到名字的人必须在3天内出发。上级要求轻装上阵，宣布了"五不带"

的纪律：家属不带、小孩不带、坛坛罐罐不带、家具不带、高档用品不带。但是，专业书必须要带上。

1958 年毕业于长春地质学院水工系的刘万兴，当时任安徽水文队的分队技术负责人。1964 年 10 月 3 日，他正在黄口野外组织施工，接到通知，让他和本队的倪永录、王哲毅三人直接去成都参加一个重要会议。

刘万兴连家都没回，就直接和另外两个人一起走宝成线去了成都，报到的地点是铁道部第二勘察设计院。

地质部称这次会议为成都会议。

地质部水文局局长张更生主持会议。

会议的议程很简单，旷伏兆副部长宣布了部里的一个决定。决定称：

> 中央决定全面修建成昆铁路，为了查清铁路沿线的工程地质问题，为铁路的成功修建提供最基础的保障，地质部决定成立西南工程地质组，由张更生局长亲自担任组长，部人事处处长张得宽任副组长兼办公室主任。

成都会议同时宣布，调集云南、贵州、四川、广西、山东、安徽、黑龙江 7 个省的水文地质队伍以及设在湖北的三峡、丹江两个直属队，组建两个由部直接管理的地质队，承担成昆铁路的工程地质勘察任务。

成都会议还布置了两个队的任务区，两个队以金沙江为界。其中金沙江以北的称地质部北江大队，金沙江以南的称地质部南江大队。

会议要求，新组建的队伍必须在两个月内直接进驻工地。

成都会议后，一些主要技术人员还再次会聚成都进行过一次短期培训。

成都培训开班的时候，铁道部工程兵司令员吕正操说："现在咱们就全了，有什么困难我来解决。"

大家明白，吕正操的意思是说，铁路和地质两家人都有了，人员和技术就全了，他是想让大家放下所有的包袱投入到工作中去，而生活和物资保障由他来操心。

其他队的一些技术骨干们也来了，大家讨论工作方法。

大家都感觉到，中国的工程地质勘察起步时间不长，规范不健全。特别是对多数地质队员们来说，铁路勘察还是一个陌生的领域，他们也需要学习一些铁路建设的基本知识，以及沿线的民族和地理常识。

大家一致认为，成昆铁路沿线主要是彝族等少数民族聚集区，不了解民族风情就很难处理好民族关系。参加会战的人员来自山南海北，西南地区的地理及气候条件对他们也是一个挑战，必须要提前在理论上做些准备。

几乎就是在同时，另外几个省相关地质队的人员也在快速集结。不过有的队伍在集结初期的保密程度更高，很多人是到了工地之后才知道了自己此次所要担当的任务。

从成都会议开始算起，短短两个月，7个省的9支地质队伍3000多人就全部进驻到施工现场。

1964年11月3日，距离10月16日的成都会议还不到一个月，南江大队就组建成功。大队长是史维成，总工程师刘克，副总工程师袁道先。

南江大队建队之初，全队共有1648人，队部先期暂时设在云南昆明，具体负责广通至三堆子线路的工程地质勘察。大队下设五、六、七、八4个队。

当年12月，大队部也直接搬到了第一线，没有房子，全体人员都在帐篷里办公。

负责金沙江北段勘察任务的北江大队也按照要求在很短的时间里组建完成，下设一、二、三、四4个队。

北江大队大队部设在越西县。大队长是贾志斌，总工程师刘广润。

地质队来到金沙江畔

1964年国庆节，魏承福正在柳州看电影，通讯员为他送来了加急电报，他连夜和大队工程师任时选去了成都。

会议当天，正好传出中国第一颗原子弹成功爆炸的消息，所有与会者都感到巨大的鼓舞。

成都会议后，广西水文队成为南江大队的第五队，魏承福任队长。

会后，魏承福立刻乘飞机赶到昆明进行现场踏勘，很快又带领队伍奔赴工地。

他们逢山过山，逢水越水，所有的东西，包括钻机等设备在很多地段都是靠肩扛人抬。

他们施工沿线交通很不方便，周围没有公路，为了更好地布置工作，刘广润和行政领导首先一起对工区进行了考察，然后才回去集结队伍。

由于时间很紧张，各队都是带领自己的人员考察自己的任务区段。

为了保证会战的地质队员能够及时赶到工区，铁道部甚至为安徽队特批了一个加挂卧铺专列，并下达命令，不管走到哪里，只要是往工区方向去的火车，必须无条件加挂这几节拉着要去参加成昆铁路大会战的地质队员的卧铺车厢。

并非所有的人都没有忧虑。有的人一听要去云南,立刻就犯了嘀咕:遥远的云南,对于中原人来说,就代表着贫穷蛮荒和落后。

当亲人即将出发的时候,有的人居然产生了生离死别的感觉。

地质队来到金沙江畔,他们知道,红军长征曾经从这里走过,毛泽东在七律《长征》中写下过"金沙水拍云崖暖"的壮丽诗句,这也为金沙江增添了很多神秘的气息。

地质队员们感到,这一带气候多变,冬季寒冷,夏季酷热,春秋两季则多风沙。

大风吹起来,飞沙走石,不仅能够把帐篷吹倒,有一次,地质队员们刚刚搭建好的一个铁皮房子的顶盖都被大风给掀飞了。

队员们发现,由于很少有公路,工地条件非常艰苦。生活物品需要人力运输,就连笨重的钻探设备很多时候也不得不拆开了一件一件地用人力往里面拉。

地质队伍负责的测区内仅局部有公路,线路上除了山,就是滩。山高路险,滩大浪急。

他们每天出工不是翻山就是坐船。

他们发现,山上有很多地段都是花岗岩的山体。花岗岩是以球状风化为特点的,表层都是黄豆粒大小的松散石头颗粒,走上去非常滑。

黄绍伦新领的翻毛劳保皮鞋没两个月就被磨穿了底子，只好换成了草鞋。

地质队走在山上，因为滑，坡度又很大，好些地方的山几乎就是直立的，经常有队员摔伤。

有一次，一个技术人员在过一道陡崖时，不慎掉了下去，幸好挂在了树上，才拣回一条命。

而另一个队员不幸直接摔进金沙江牺牲了。

罗祥康担任五队的综合组长，他1955年毕业于长春地质学院，当时他已经有了将近10年的野外工作经验。

第一次出工，罗祥康就领教了这次任务和以往的重大区别。他们刚刚吃力地翻过一座大山，就又被湍急的河水拦住了去路。

他们就搭上了一种"歪屁股"船，这种船就是乘客坐在前面，舵手在船的后面操作。船尾歪向一边，舵手就可以越过乘客看清前面的路线。

船在水里行走时真像一片随波逐流的树叶，船上的人把自己的生命无条件地交给了滔天的巨浪。

他们上了岸后有好长一段时间，大家才相信自己确实还没有被河水吞没。

队员们常常要经过一个叫"移步苦"的地方。移步苦是一个地名，意思是说每移动一步都很苦。

移步苦的上游有个地方叫老鸦滩。当地民谣说："老鸦滩老鸦滩，十船有九翻"。老鸦滩的险峻在于要经过一个落差很大的峡谷。

队员们从老鸦滩岸上看，感觉到船经过那里时一下子就掉进了悬崖，然后要过好一阵子，才会看见船从峡谷的下游地段的波浪里探出头来。

他们每次坐船经过这里，都会有九死一生的感慨。

当地居民说，如果不是万般无奈，当地人是不会从这里经过的。

而肩负着成昆铁路勘察任务的地质队员们说，他们别无选择。

后来队上为了保障人员的安全，规定过老鸦滩的时候，只有钻机等设备可以用船来运送，人员一律要从山上绕道。

他们这一绕就是几公里山路，沿途要克服两座落差近1000米的山峰。

一趟走下来，几乎人人都散了架。

地质队就是这样艰难行军。也有很多地段是从山上绕不过去的，他们就只好坐船，但是他们感觉，坐船的滋味也不好受。

刘万兴笑着问队员："你们猜猜金沙江船工的水性怎么样？"

队员们纷纷说："那还用猜，当然都是很不得了。"大家都这样想，能够在那么湍急的水里划船的人，水性能差吗？

刘万兴的回答却令大家瞠目结舌："其实那里的彝族船工根本就不会游泳。"

刘万兴接着说:"金沙江的水源主要来自雪山冰川,水温常年只有6度左右,滩大浪急,连羽毛都漂不起来。这使得祖祖辈辈生活在这里的彝族同胞都没有下过水。水温么低,人进入水里怎么受得了呢?"

金沙江上的彝族船工也不把划船叫划,而是叫"飙"。

船工开船后,那船就像箭一样射了出去。那"箭"在浪花的顶上一闪,就被下一个浪涛吞没了。

正当队员们惊恐万状的时候,再一个浪涛又把船挑上了半空,接着又消失了。

他们在勘测过程中,翻船的事故也发生过多次。

有一次,南江大队的一位地质队员就因为翻船永远地留在成昆线上。

谭开鸥刚到成昆线上的时候被安排在总工办。后来经她自己强烈要求,组织上把她调到一线渡口段担任组长。

渡口那一段,谭开鸥是骑着毛驴进去的。

谭开鸥有一次要通过一道峡谷,她看到那峡谷很深,下面的水很急,没有渡船,唯一的通道就是当地少数民族自己用土办法搭建的一条索道。

谭开鸥是第一次过索道,她紧紧地闭着眼睛走了过去。

都过去了好长时间,谭开鸥还是不敢睁开眼睛,一直向前走。直到大家把谭开鸥扶住,她才停下脚步,两手快速地捂住脸在地下蹲了许久,最后,她脸色煞白地站了起来。

勘测队经过攀枝花一个叫"倒马坎"的地方,当地人说马从这里走都会摔倒。

勘测队有一次过河,经过一个险要地段,岸边岩石崩塌严重,男同志就下到河里拉船。

河水太急,到中途的时候,一个大浪把拉船的人打翻在水里。失去控制的船重重地撞向岸边的一块巨石。

谭开鸥惊恐地闭上了眼睛,她心里说:"这下完了。"

等谭开鸥回过神来,惊讶地发现自己还活着,船也没有碎。不过她已经从船尾莫名其妙地坐在了船头上。

勘测队进山后,发现山里面人烟稀少,主要是彝族等少数民族群众。

进山前,单位就宣布了几条纪律,其中有一条就是不允许在老乡家里住宿,要住在帐篷里面。

勘测队因为运输能力有限,就尽量减少物资运输量,一顶"人"字形的单帐篷往往要挤10多个人。没有床,也没有地方可以铺床,大家都是地铺。

魏福承因为是南江大队第五队的队长,他的帐篷里经常要接待一些来工地检查工作的领导。

大家就给魏承福搭建了一个稍微高一点的小帐篷,里面用竹子搭了一个离开地面有一尺来高的简易床。那是当时他们队里最好的一张床。张更生局长每次去他们工地就住在他那里。

谭开鸥是分队唯一的女同志，大家照顾她，就让她一个人住了一顶帐篷。

不过谭开鸥也是没福气，住进单间的第一个晚上，她的帐篷就被几只饥饿的狼给包围了。

先期到来的男同胞对此早已经是司空见惯，压根就没有当回事。

可是谭开鸥不行，在阴森的狼嚎声里，她穿着衣服捂住被子，在床上坐了整整一个晚上。

第二天，谭开鸥就搬进了男同胞的大帐篷，大家在里面给她打了个小隔间。

黄绍伦的小组一开始只有三个人，刚刚进山那会子连帐篷都搭不起来，只好在河边露宿。

山里野兽很多，为了防止遭到袭击，他们就在营地上点起篝火，三个人还得轮流值班。

1964年，队伍刚刚进驻工地时已经是11月份了，工作区的高程在1500米到3000米，天气很冷，特别是在山顶。

沙木拉达隧道海拔2280米，是全线海拔最高的一个隧道，由北江大队负责勘察，驻地就住在山顶上。

到了晚上，单帐篷根本就挡不住凛冽的寒风。那风像刀子一样穿进帐篷，钻进被窝，然后就向着人的骨头里锥去。

大家睡不着，干脆爬起来到外面去跑步。寒冷暂时是被驱散了，但是本来在白天就消耗了太多体力的地质队员，经过这么一折腾，身体就更加不支了。

山中的野兽很多，勘测队早晨或者晚上施工时经常会遭遇到狼或者豹子。

不仅如此，而且连蚊虫等小角色也不好对付，它们像密集的小型轰炸机一样把地质队员们包围起来不停地轰炸，弄得很多人身上几乎没有一块完好的皮肤。

勘测队刚刚进驻工地的时候，里面还有一些残余的土匪，每次出工都需要格外小心。在初勘快要结束前，土匪才被消灭。

成昆铁路是国家重点工程，还很贫穷的共和国力争给施工人员以很高的待遇。然而，由于交通的不便，地质队员经常处在生活物资匮乏的状态。

他们缺少蔬菜，很多时候一日三餐全是馒头稀饭。有一个分队自己想办法让人给送了一大筐子萝卜干和干竹笋，初期勘察任务都完成了那些东西还没吃完。

不是因为东西多，而是吃到后来，大家一想起那两样东西就反胃。

这还不算啥，总归是有吃的吧。有的小组有时候由于受到条件的限制，连粮食都接济不上。

成昆线会战的时候，绝大多数地质队员都是风华正茂的年轻人。他们有的正在热恋，有的刚刚成婚，还有的是初为父母。

但是成昆铁路的任务一到，他们的生活就变成了另外一个样子。

黄绍伦的女友张绍斌毕业于成都工学院无机化工系，学的是酸碱制造，她毕业后就在简阳搞自己的专业。因为黄绍伦没有时间回家，两个人的婚事一直拖到了1968年。

谭开鸥和丈夫李玉生虽然把孩子给了家中的老人，他们依然没有能够清清静静地团聚，因为两个人都是技术骨干，各自带着自己的小组在不同的地点施工。虽然两人相隔的水平距离也就10公里，但是要想聚会，就像是等待"七夕"的到来一样难。

刘广润的妻子在单位的实验室，就和他在一个基地。但是基地的帐篷有限，刘广润虽然身为总工，两个人也只好分别住在各自的集体帐篷里。

每天下班的时候，大家看到这两口子却要各自回各自的帐篷，就会善意地拿他们调侃一番。

当时的中国总体医疗水平不高，身处交通不便的大山沟里的野外队更是缺医少药。

五队的吴兆华，身患严重的风湿病。没有药，就喝一种可以缓解病痛的草乌酒。那酒有毒，稍微过量就会有危险。

一次吴兆华疼得受不了了，就加大了剂量，结果中毒了，大家赶紧连夜用船把他送到元谋县。也算他命大，被抢救了过来。

有一次魏承福感冒发高烧。他有青霉素过敏史，但当时没有别的药，就给他做了皮试。也就怪了，皮试好好的。卫生员就给魏承福打了针，很快他就起了一身的红疙瘩，到第二天连话都讲不出来了。

大家知道，往外送是来不及了，工地也没有别的办法，只好等待奇迹的发生。

好在奇迹发生了，魏承福活了下来，但是他也从此落下了严重的后遗症。

大家感到欣慰的是，党和国家时刻都在关注着成昆铁路的建设。经常会派一些著名的文艺界人士到工地慰问演出。

许多党和国家领导人也经常到实地检查工作慰问职工。

有一次邓小平、贺龙、郭沫若几个人来到谭开鸥他们的工地。

当时大家都蒙了，居然没有认出来他们是谁。

首长们问他们生活苦不苦，他们说不苦。首长们对他们说了些慰问的话，又鼓励了一番。

首长们走了好久，他们才反应过来刚才来的人是谁。

地质队完成全线踏勘

1964年10月，勘测队伍拉进金沙江畔之后，原本热情高涨的地质队员发现，他们所面临的任务并不是单纯依靠热情就可以完成的。

特别是一些主要技术人员心里很清楚，成昆铁路为何会几上几下。

他们由此心里也更加清楚，自己肩膀上那副担子重量的确不轻。

铁路建设共分四个阶段：选线、定测、施工图、施工。

铁路铁道部门一开始交给地质队的任务是定测。

地质队员到了现场，简单地进行了一些勘察工作后，他们就发现了问题：

从大地构造上讲，金沙江一带属于青藏高原的边缘，是现代地质作用非常强烈的地段，受喜马拉雅运动最新的抬升运动影响，该段河谷下切，地壳抬升，大量的不良地质现象密布。

他们还发现，原选定的路线上不良地质构造太多，岩层复杂，几乎没有一块好地方。据后来的统计数字反映，成昆铁路全线大的滑坡有183处，危岩落石近500处，崩塌约100处，岩堆200多处，泥石流沟249条。其他灾害性地质问题更是层出不穷。

铁道设计部门工程地质勘察力量有限,在选线时对很多工程地质问题估计不足。他们在听取地质部门的意见后,也意识到了问题的严重性。

为了保障这条具有深远战略意义的大动脉的安全,地质部门的技术人员建议将定测改为补定测,也就是说要对线路进行较大幅度的调整。

他们报告说:

> 地形是死的,地质条件复杂是现实的,如果不科学地遵照自然规律办事,成昆铁路就有再一次中途下马的可能。唯一的方案就是"地质牵头",解决工程地质问题,为铁路建设提供基础保障。

铁道部门接受了这个建议。

地质队所有人都意识到,任何一个细小的工程地质问题都不是孤立存在的。它和一个地区所处的大地构造位置、构造特征、地层、岩性、岩浆活动、水文地质情况等都有着密不可分的联系。

然而他们心里都明白,中国的区域地质调查才起步不久,很多发达地区都还属于地质空白区,更不要说是这种经济落后地势险要人烟稀少的地区了。

这里不仅基础地质资料欠缺,连中小比例尺的地形图都很少。

地质人员为了能够科学地分析一些工程地质问题，他们一边在铁路沿线展开路线调查，一边还要投入大量的人力物力进行基础地质工作，从细微之处了解不同地质体之间的内在联系和本质区别。

地质队调查滑坡，就必须弄清它的滑动带，而要弄清楚滑动带，他们就必须首先用钻机揭穿滑坡体。

南江大队和北江大队为了调查和处理滑坡打了很多钻孔，调查了很大面积的地质情况，调查滑坡体的规模，预测下滑速度。

勘测队的钻机主要在河上运输，北江大队为此先后有四名队员付出了生命，南江大队也有队员牺牲。

有一次要把钻机搬过牛日河，附近没有船家，为了赶工期，大家就自己动手用木头编了一个木排。

但是他们上去之后才发现，水太急了，可已经无法再退回去。钻机又很重，到河心时木排翻了，两名队员牺牲了，其中一名是个机长。

刘万兴说：铁路可以改线，但是调查人员却不能改线，无论多高的山，多深的水，地质队员们都只能别无选择地去征服。

他们队的一个测区正好穿越麻风病区，地质人员也毫不犹豫地走了进去，当地老乡大为赞叹。

移步苦隧道原来设计是沿着江边的河流阶地走，仅仅布置了两个小的洞子。

南江大队在这里勘察的时候上了钻机，岩心取上来后，地质人员发现岩性不对，就怀疑这块外表坚实的物体并不是原来就在这里的。

于是他们又展开调查，最后才弄清楚它是从500米以外的一个山头上滑落到这块地方上的滑落体。这样的滑落体本身看上去很坚硬，总体岩石特征也与围岩区别不大，特别容易被设计和施工人员忽视。

但地质队知道，这样的滑落体毕竟没有根基，大型工程一旦最终建在了这种物体上面，那后果将是极其可怕的。

设计部门在地质人员的建议下，将线路改为从山体里挖洞子通过。山体内部的基岩相对要坚固很多。

这也是成昆铁路给以后的铁路施工留下的一个重要经验：在面对较为严重的滑坡体的时候，变沿坡线路为隧道工程。

水文地质工程地质专家朱学稳将它们科学地总结为八个字：

早进晚出、桥隧相连。

即增加隧道的长度和桥梁的数量，减少滑坡体对线路的威胁。

建成后的成昆铁路共有隧道427个，桥梁991座，桥隧总长度433公里，占总线路的40%，桥隧密集地段更是高达80％，被业界人士形象地称为"地下铁路"。

针对小的滑坡体，地质人员则提出了治理为主的方案。

他们在攀枝花支线勘测到一群规模不是很大的连续的滑坡体。地质部门建议采用梅花形挖孔桩，都是1至2米见方的桩，然后用钢钉铆起来，抑制了滑坡体的进一步活动。

地质队面对的另外一个隐藏很深的杀手是泥石流。这种地质灾害的防治往往需要对历史上的泥石流规模、发生次数做细致的调查。

成昆铁路沿线经过的地区很多地段根本就没有人烟，哪里有什么历史记载，调查也就无从谈起。

地质队员们通过加强基础地质方面的研究，了解泥石流的分布和发生规律，查清并划分了当地泥石流的类型。

细心的地质人员针对不同的泥石流类型，分别提出了阻挡、疏导、避绕等不同方案，降伏了一条条躲在暗处的猛兽。

南江大队的张佰禹，有一次从悬崖上摔下来，幸好挂在树上保住了性命，还有一次，他被一块落石打在脑袋上，造成了脑震荡。

而北江大队的一个山地工就死在落石下面。

地质队勘测中发现，成昆铁路沿线地层破碎山体不稳定，落石到处都是，很频繁。小的落石可能只对一两个人构成威胁，大的就会对整个线路造成威胁，那就不是几个人的问题了。

而他们这次面对的成昆铁路沿线的白云岩、石英岩等坚硬岩石在构造作用下常被两组以上节理切割，形成不稳定的石块。

在勘察过程中，南江大队的一台100型钻机就曾经遭遇到落石的袭击，整个钻机被毁。

他们知道，这类灾害很难从根本上治理，主要方法是规避它。如何规避，需要地质人员查清区域地质情况后才能决定。

地质队员们都听过"黎明一望满城平，欲望街衢谁能晓"这两句诗，描绘的是1850年发生在西昌一带的7.5级地震后的情景。

当地人说，那次地震烈度达到了10度，县城附近地崩山裂，建筑物几乎倒塌殆尽。

地质队还从峨眉县志上看到了1786年当地的一次地震：

地震相继数日，忽大渡河山崩水溢，水势高至数丈，居民没者千余人家，沿河市场一洗尽净。

而他们更了解到，1955年的一次地震就发生在线路上的鱼鲊一带，震级里氏级数6.8，震中裂度9度。地震时沙滩及山坡开裂，岩壁崩落，房屋倒塌，人员伤亡数百。

这样规模的地震对铁路的破坏性不言而喻。

地质人员为了铁路的安全，对该区的地壳活动进行了大量研究。

他们对于已经研究清楚的活动地震带，要么提出了改线方案来规避，要么提出了在地基处理上加大抗震防范措施。

地质队认为，软弱地层是工程建设中遇到的另一个难点。成昆铁路沿线上的成都黏土、昔格达地层、龙阶粉砂岩、元谋组淤泥质软土等软弱地层广泛分布。

地质队进一步勘测后发现，其中昔格达地层为第三系的一套黄色粉砂岩，主要出露在龙川江一带。这种岩石中二氧化硅的成分很低，高岭土含量高，属于很特殊的地层。

他们清楚，这种岩性在水中的时候很坚硬，一离开水就会发生疏松、崩解。这套地层由于受新构造运动影响强烈，断层、节理纵横交错。

地质队员们为了弄明白昔格达地层的岩土力学特征，他们把实验室搬到了野外一线。并通过大量的承载力实验和干燥变异系数的研究，最后成功地拿出了解决方案。

地质队勘测还发现，成昆铁路沿途地下水很发达。这些地下水会形成涌水，进而造成塌方。

他们做过统计，比如白石岩3号隧道，日涌水量居然高达 3.84 万立方米，沙木拉达隧道的日涌水量也达到了 1.96 万立方米。

勘察期间，地质人员根据隧道所处的地形、地质构造、岩性特征和地下水露头等情况，分析研究了可能发生大量涌水的部位，测算了涌水量。在此基础上，他们提出了采取排、截、堵相结合的预防与治理方案。

大家一致认为，成昆铁路沿线的岩溶地质不是很多，但是对铁路施工的影响却并不小。

地质队员在渡口的庄师隧道勘察时，发现原设计路线正好从一个岩溶区通过。该岩溶区地下溶洞发育完全，地下水活动强度大，对修建隧道极为不利。

他们勘察发现，该岩溶是一个"鼻子状"隐伏构造，岩溶水水量丰富，涌水达到了 30 多米高，日涌水量为 2000 立方米。

这个构造正好通过铁路中线。

地质人员在勘察中，通过大量面积上的工作，所布置的钻孔成功地揭穿了"鼻子"的秘密。

他们还了解到，这里是当地居民的生活用水水源，因此必须绕开"鼻子"，躲过灰岩，打到花岗岩中。

地质队在横断面上查清了问题，避让了涌水区，既排除了隐患，也保护了当地居民的生活水源。

地质队沿线多处显露有石膏、芒硝以及含氯、含硫等特殊地层。

他们深知，地下水在通过这些地层的时候，会和其中的一些有害成分发生反应，所形成的含腐蚀性化学物质的环境水对混凝土和其他围岩都有着很强的侵蚀作用。被侵蚀的混凝土会发生表层隆起、剥离、结构酥松、骨料分离等现象。有的剥离物会呈豆腐渣状。

所有人都清楚，在成昆铁路上，这种危害是一个很突出的问题。

地质队马上意识到，由于侵蚀严重区往往正是地下水活动强烈的地区，查清水文地质条件对于防范和治理这种隐患就有着极为关键的作用。

地质人员针对这种地层的特殊性，制订了全孔取心的钻探计划。在测绘地质剖面的时候，几乎是一米一米地进行详细观察描述，在区域上不断地进行比对，最后科学地进行了分层，建立了完整的地层格架，为提出合理的治理方案奠定了坚实的基础。

队员们看到，金沙江的沙金资源比较丰富，历史上在这里留下了很多人工洞穴。这些洞穴如果不查清楚，对铁路的破坏性是难以想象的。

地质队仔细观察这些洞子，它们有的深度可达两三百米，但是都不高，最高的也就1.5米。

上级要求每一个洞子都要放在图上。因此要一个一个地调查，每一个洞子人都要爬着进去。这些洞子分布很广，无法回避，只能处理。

地质队对半胶结地层的洞子采取回填，回填不了的则打桩，隧道通过时就拱开它。

在地质人员的眼里，还有数不清的小型工程地质问题遍布沿线。

大家认为，这些平常人眼中看似不起眼的小问题，对铁路却有着巨大的杀伤力，因此他们一丝一毫也不敢疏忽。

队员们都明白，这类地质现象看上去暂时不会对铁路构成威胁，但是当地质人员把铁路修好后对它的反作用力考虑进去之后，它的危险性就很大了。

地质队员们面对具体工作，总是把规范当作生命。

1965年初，南江大队第五队在完成了最后一个勘察孔后打点行装准备撤出的时候，技术人员发现岩心采取率是85%，没有达到90%的标准。

魏承福立即让大家重新安装钻机开钻。工人们二话没说就干了起来。

整个晚上过去了。早晨金沙江的水位开始上升，当水淹没到机台木的时候，大家钻孔打完了，完全符合标准。

第五分队刚一撤出，水就把刚刚施工的地方淹没了。

1964年10月，成都会议要求两个月进场、6个月完工。到1965年5月，地质部门就提前半个月提交了初步勘察报告。

第二铁路设计院的勘测设计者们在自然条件相当恶劣、环境十分艰苦的情况下，攀悬岩，过索道，跋山涉水，测量钻探，勘测了1.1万多公里线路，相当于成昆线全长的 10 倍。

地质队钻探了 21.2 万平方米地层，相当于钻透了 24 座珠穆朗玛峰。

公路没修通，他们就肩挑人抬，把机具、材料、帐篷送到工地。

大机械搬不动，他们就化整为零一件件扛上山。在号称水上禁区的金沙江上，开辟了一条新航道，把大批建设物资抢运到施工现场。

地质队勘测成昆铁路，共完成地质测绘 1500 平方公里，工程地质实验 1 万多组，提交各类成果报告 1066 份。

报告提交后，队伍开始休整。老百姓像迎接凯旋的英雄一样迎接了从金沙江归来的地质队员。

三、铁路建设与施工

- 中共中央为一个隧道的进度发来贺电:"……望全体干部和全体兵、工,加倍努力,保质保量,注意安全措施,争取创造新纪录,为加快建成西南三条铁路而奋斗。"

- 彭德怀说:"应该让大山永远记住他们,让历史永远记住他们,让未来的共和国的公民永远记住他们!"

- 老厅长却沉下脸来说:"这是什么话?别人家的孩子就不是孩子吗?"

修建成都至眉山段

1964年8月，中央军委决定调遣铁道兵5个师，扩编到18万人，参加成昆铁路的大决战，并统一由西南铁路建设工地指挥部领导。

成昆线大会战拉开了序幕。一时间，原先人迹罕至的深山峡谷帐篷点点，红旗招展，在"气死猴子吓死鹰"的悬崖峭壁上，炮声隆隆，硝烟弥漫。

人们都知道，位于川西平原的成都至峨眉段，素有"川西粮仓"之称。

按照计划，成昆铁路从四川成都出发，穿过海拔300米左右的川西平原，沿着峨眉山麓南下，再逆着汹涌的大渡河转牛日河而上，攀越崎岖连绵的大小凉山，通过海拔2300米左右的岷江与雅砻江的分水岭。

部队经过查资料得知，牛日河本是大渡河中游的一条支流，在上游喜德境内称尼日波河，至上游越西河裤裆沟出口与越西河汇口以上称普雄河，河谷较为开阔，水流平缓。

部队再往前走，汇口以下称为漫滩河，进入峡谷区，甘洛境内呷日段称果觉河，甘洛县城以下称尼日河。

部队来到大渡河大山区，大峡谷位于汉源县乌斯河镇、皇木镇境内。西起汉源县乌斯河镇，东至永利彝族乡白熊峡。

部队施工的峡谷东西宽17公里，南北长26公里，谷宽不足200米，谷深2000余米，峡谷两岸奇峰高耸入云，河川纵横交错，切割极深，形成众多的峡谷群，最窄处仅20余米，最深处有2675米。

部队在修建老昌沟沟口著名的一线天桥时，如果全部使用预制混凝土梁，材料运输十分困难，工期需要1年多

部队只好就近取材，架设石拱桥，从而创造了跨度达54米的当时中国最大跨度铁路石拱桥的记录。

部队施工至金口大峡谷，这里全长约30公里，谷宽不足200米，谷深却达2600米，是成昆铁路全线修建中最凶险、最艰难、最复杂的一段。

大家惊讶地看到，峡谷两岸奇峰突起，危岩耸立，构成各种象形景观，似人似兽，栩栩如生。重重叠叠的山峦上，绿树成荫，飞瀑跌宕，各种山花野草争奇斗艳，形成一道道绚丽的风景，自然情韵雅致不凡。

部队修建金口大峡谷段"一线天"时，二班爆破标兵王清秀的妻子来到工地。她是一个俊秀的川北妹子，红润润的脸蛋、黑油油的眉毛，一到工地就将带来的核桃分发给工友们。

妻子刚和王清秀谈上两句，爆破任务就来了。她看见丈夫为难的样子，只好眼圈红红地说："去吧，施工是大事哩……"

就在王清秀出门的一瞬间，妻子娇羞地附在他的耳边说："我有了。"

王清秀大叫一声："我有儿子啦！"他一把将妻子抱起，兴奋地在原地转着圈儿。然后将她放下，一路狂奔飞向工地。

可是，就在这次实验深孔松动爆破新技术中，王清秀再也没有回来……

部队修建的白熊沟、一线天铁路石拱桥和全国唯一的桥隧相连的洞中火车站关村坝火车站，不仅创造了铁路建筑史上的奇迹，也成为大渡河金口大峡谷景区最引人注目的险中奇观。

1965年8月12日，部队修建长达6107米的关村坝隧道，这是成昆铁路进入金口大峡谷的第一个隧道，也是成昆铁路全线的第二长隧道，仅次于长6379米、当时全国第一的沙木拉达隧道。

爆破时，大家听到一声惊天动地的大爆炸声，看到一朵巨大的蘑菇云卷着滚滚黑烟，从大渡河峡谷腾入天空。

瞬时，飓风似的冲击波横扫万物，莽莽群山滚动着沉闷的爆破声，大地颤抖不已，一座山体向深邃的沟壑倒了下去。

轰隆隆的爆炸声刚刚平息，成百辆大型施工机械开进了施工现场。

就在关村坝隧道单口月成洞超过百米时，中共中央为一个隧道的进度发来贺电：

> 西南铁路建设总指挥部转全体官兵、职工同志们：看到指挥部13号简报，说关村坝隧道创造了双口各百米的记录，并且向双口各一百五十米的目标前进，中央看了之后很高兴。望全体干部和全体兵、工，加倍努力，保质保量，注意安全措施，争取创造新纪录，为加快建成西南三条铁路而奋斗。

虽然中国最长铁路隧道的纪录被不断刷新着，但也许再不会有第二条铁路隧道能像关村坝隧道那样，受到中央高层的特别关注。

那是因为，承建的解放军铁道兵部队，为此付出了巨大的牺牲。全长1100多公里的铁路沿线，共有1000多座烈士坟茔。

在1965至1966年间，彭德怀、贺龙、李井泉、吕正操、程子华、郭维城、华罗庚等领导曾先后亲临关村坝隧道视察，都感动得流下了眼泪。

彭德怀执意钻进了正在施工的乌斯河隧道工程。

彭德怀从隧道里察看铁道兵战士施工后走出来，突然发现山坡上一片新坟，就惊奇地问："哪来这么多的新坟？"

师长答道："那都是为开凿隧道牺牲的战士和民

工的。"

师长说，开凿乌斯河隧道工程，这是一场攻坚战，铁道兵战士和民工打得十分顽强。他接着说，由于地质构造复杂，隧道里经常出现意想不到的泥石流和塌方，加之洞内开凿放炮和机械施工等各种原因，经常出现各种令人难以预测的事故，一个隧道还未开凿完，全师牺牲的战士已有好几十名。

彭德怀说："走，我们也应该去看看他们。"

彭德怀爬上山坡，站在墓群中，深情地打量着那一个个土包，就像在检阅一群勇敢的士兵一样，然后沉重地说："打仗就要有牺牲，搞三线建设是一场与帝国主义争时间、抢速度的战斗，也有为国捐躯的战士，人民应该永远记住他们。"

彭德怀从那些为修建成昆铁路而牺牲的战士的新坟前面一个一个缓缓地走过去。

彭德怀见许多坟墓都没有墓碑，有的只是简单地用木板写了一个名字插在墓前。

彭德怀就对随同的该师师长说："同志，这样不行，这样我们就对不起这些为三线建设牺牲的战士和民工！我们要让祖国和人民永远记住他们，记住他们为了祖国积极参加三线建设的无畏精神！赶快请人来给我们牺牲的战士和民工立块石碑吧，碑上要刻上他们的姓名、年龄、籍贯，烈士的亲人们也好来看看他们呀！"

彭德怀面对着成昆铁路乌斯河隧道外的这一片墓地，

就像当年在朝鲜战场时面对茫茫雪原上掩埋牺牲战士的遗体一样，心情是十分沉痛的。

彭德怀了解到，这些年轻的生命，当年穿上军装，随同战友们一同开赴三线建设的火热工地，很多战士当兵三年，一直就在打隧道。有时遇上难度极大的隧道，一座隧道还未打通，却已经到了复员的时间，这些老战士只好依依不舍地脱下军装，含着眼泪与战友和三线建设的工地告别。

然而，彭德怀更知道，还有战士，由于开山炸石或山体崩坍，已经将自己年轻的生命永远地融入大山之中了，他们再也听不见工地上隆隆的炮声，再也看不见亲人们的音容笑貌了！

彭德怀说：

　　应该让大山永远记住他们，让历史永远记住他们，让未来的共和国的公民永远记住他们！

彭德怀从成昆铁路和攀枝花特区视察回去后，就立即找到铁道兵指挥部，他提出，要在各地修建烈士陵园和烈士纪念碑，用以纪念那些为祖国三线建设献出自己生命的年轻战士，纪念那些长眠在这片险山恶水间的英雄的灵魂。

彭德怀说：

要让那些乘坐列车飞驶而过的子孙们永远铭记他们，永远学习他们的精神，更好地建设我们的祖国！

铁道兵指挥部遵照彭德怀的建议，很快在成昆铁路沿线，在铁道兵战士和支援三线建设的民工们流下鲜血和生命的地方，修建了一座又一座的烈士纪念碑。

修建眉山至普雄段

1965年,铁七师三十二团从眉山到普雄,沿途打通了300多个山洞。

1965年8月,二十二连的战士们奋战在成昆铁路段的眉山至普雄段大相岭陡峭的半山腰上,为开凿新的隧道,他们争分夺秒,日夜奋战。

8月17日这一天,向启万担任安全员,他来到隧道最容易塌方的危险地带,仔细地检查着每一块危石,每一根支撑木。

这时,向启万突然看到一根支撑木倾倒,四处并发出咔咔的响声,他马上意识到,这是大塌方的信号。

向启万不顾个人安危,用肩膀顶住咔咔作响的支撑排架,并高声疾呼:"同志们,快!快撤呀!"

王作林等6位战士听到向启万的喊声迅速撤离了危险区。

向启万回头看见战友们都离开了危险区,自己才抽身外撤。

谁知就在这一瞬间,轰隆一声巨响,50多方岩石同排架砸了下来,向启万被岩石和支撑圆木紧紧地卡住了。他左小腿骨被压碎,右小腿骨被压断,头负重伤。

碎石转眼间就堆过了向启万的胸部。

战友们闻讯,立即返回奋勇抢救。

团长听到险情,顶风冒雨赶到向启万的身边。医生护士来了,兄弟连队组织的抢救突击队来了,铁道部大桥局桥梁施工队在老队长刘进祥的带领下,抬着千斤顶也火速赶来抢救,铁二局七处的工人们也纷纷赶来。

三班战士冯贵荣第一个钻进去扒开了压在向启万胸部的石头。

向启万从容镇定地说:"快!指导员在里面,我不要紧。"

冯贵荣说:"指导员出来了。"

向启万又急切地问:"同志们怎么样?他们都好吗?"

副排长李宏江边扒边说:"同志们都很安全。"

向启万脸上露出了笑容。

战友们用了7个多小时,才把向启万从圆木和碎石下救出来。他的下半身都被鲜血染红了。

在医治过程中,上药时,要刮去向启万腿上的烂肉,取下不少血肉。医生护士都心疼得手发抖。

向启万死死地咬住嘴唇,不肯哼出声来,护士忍不住"哇"地哭起来,向启万却喃喃地说:"铁道兵,不许流泪。"

向启万还对师长尚志功说:"还没有打通,铁路还没有修成,我不能死,不会死。"

一天,向启万感觉,自己已经走到了生命的尽头,他对护士彭涛说:"我要穿军装。"

彭涛说:"小向,你身上水肿,穿军装会磨破皮肤的。"

向启万瞪着眼睛,乞求说:"我是铁道兵,一定要穿着军装去。"

彭涛只得满足他的要求,给他换上军装,戴上军帽。

向启万吃力地抬起手来,抚摸着用枪和镐交织而成的铁道兵兵种徽章,眼里溢出了泪水。

当晚,向启万去世了。

铁道兵党委批准,追认向启万为中国共产党正式党员,铁道兵领导机关给他追记一等功。

9月3日,十班战士在拱部扩大处,紧张地进行着开挖和运砟。

徐文科光着臂膀,操纵着风枪,浑身汗水如注。突然,他听到"轰隆"一声巨响,排架应声倾倒,电灯全部砸灭,洞内一片漆黑。

徐文科和周围的几个战士来不及脱险,不幸被坍下来的碎石和支撑木紧紧压住。

正在连部的副指导员张宝祥闻讯后,三步并作两步奔到现场。紧接着,在家的战友们赶来了,兄弟连的战友们赶来了,营长、团长、师长也赶来了!

官兵们个个奋勇当先,冲向塌方地段。十班副班长周绍堂和十二班班长韩月城、副班长潘树岗、老战士师福龙一起,迅速扒出埋在边上的王林光后,又继续向漆黑的纵深摸进,边走边高声喊叫:"徐文科!吴毅民!田大军！"

徐文科满脸是血，木头和碎石已埋过腰部，双臂被倒下的支撑木死死地卡着，全身动弹不得。他在昏昏沉沉中听到周绍堂的喊声，忍着剧痛，急切地喊道："副班长，你快出去，又要塌方了！"

周绍堂借着手电光亮，看到徐文科处境艰险，哪管得许多，赶紧扒他身边的碎石。

徐文科晃晃血糊糊的头说："副班长，不要管我，这里危险哪！"

这时，副指导员张宝祥也摸到了徐文科身边，他看到徐文科伤势严重，一面扒碎石，一面急切地问："你怎么样？"

徐文科回答说："副指导员，我不行了，你快出去，不要管我，马上又要塌方了！"

张宝祥安慰他道："首长和同志们都来抢救你们了，一定能把你们救出去！"

徐文科听到洞内不断响着落石声，他再次催促张宝祥："副指导员，不要为我造成不必要的牺牲，我们的任务还没有完成，需要你们去干，快出去吧！"

张宝祥激动地说："文科，甭说了，你的痛苦就是我的痛苦，沉住气，争取时间，咱们都能活着出去！"

张宝祥和战友们拼命扒着碎石，双手被磨得鲜血淋漓，这时，徐文科陷入了昏迷。

洞外，各级首长正紧张地指挥着抢救工作，但洞口也在塌方，通路堵死，抢救十分困难。

徐文科从昏迷中醒来了，他发现张宝祥还在拼命抢救自己，便埋怨他："副指导员，又快要塌方了，你怎么还不出去啊！"

张宝祥热泪满面："同生死，共患难，死要死在一块，活要活着一起出去！"

徐文科看到碎石纷纷落下，大塌方又继续发生，他奋力抓起一块岩石，用尽全身的力气猛击自己的头部，他要断绝战友抢救他的念头。

徐文科牺牲后，部队党委追认他为中共党员，并同当地政府将他葬在轸溪车站，立碑纪念。

1966年1月7日，10时20分，铁二局十二处工人正奋战在沙木拉达隧道工地。

他们正在其中一段抽换下导坑支撑时，下导坑大面积坍方，涌水喷射而出，眨眼间就涌满了导坑。

当班的66位工人虽然看到情势危急，但谁也没有被吓倒，哪里水大，他们就扑向哪里抢救。

他们眼看浑黄的泥水涌了上来，漫过膝盖，涨到了腰部，但他们仍然坚守阵地。

这时，工地广播声响起："下导坑坍方，涌水倾泻，所有人员立即到洞口集合，参加抢险！"

刹那间，全队的职工、家属以及刚下夜班还在熟睡的人们，还有休探亲假归队刚抵工棚的人，一齐奔向洞口。

队长齐旺礼、工程师吴鸣冈冲进了导坑,忙着指挥战斗,组织抢救。

他们说一声堵水需要棉被,许多工人、家属就把自己的棉被垫絮等一齐全抱来。

他们说一声洞内急用混凝土,连体力单薄的后勤女工,也一人挟一袋水泥往里送。

随后组成抢险队,马上拥来许多人,争先恐后地报名。连老工人崔万章,腿部负伤未合,也拄着一根棍子,拖着满是绷带的腿赶来了。抢险组迅速组成,队工和指导员带着队员赶到导坑时,洞内的66个人正奋力在做最后的抢救。

水像瀑布一样喷到人脸上,他们都睁不开眼睛。

第一道用棉被、草袋和石块筑成的堵水墙刚刚垒起,就被喷射的涌水冲垮,人们又筑起第二道挡水墙。

水量太大,压力太大,第二道墙又塌了。十二处的工人们冒着生命危险继续砌筑第三道挡水墙。

前面的人被冲翻,后面的人冲上去接替,他们手与手挽成一组人墙,保护着第三道挡水墙。

第三道挡水墙终于也挡不住涌水了。从缝隙里喷涌而出的水流,比高压水龙头的力量还强,冲得人站都站不稳,涌水以巨大的水压力冲打着堵水墙。

浑黄的泥水,呛得人喘不过气来,一双双眼睛变得发红。

水位飞速上涨,很快就漫到脖子那么深了,配电房、发动机房相继被淹，抽水机一台一台的失灵。

导坑坍塌面越来越大，浑浊的泥水，穿过导坑涌向洞子，形成了暗河。

汇集在隧道口的第三批抢险人员，等候着抢险的命令，教导员老王做了简短的动员。老王也明白，这时说什么都是多余的，抢险就是命令，人们当然知道，在涌水面前，可能发生的是什么。

人们也更清楚，那导坑里6600伏高压电一旦触到水再接地后，可能会出现不堪设想的后果。

然而，这一切早已被人们置之度外，此时，在他们心中只有一个念头：堵住涌水，保住导坑，保住隧洞。

66位工人在沙木拉达隧道窄长的坑道内，顽强地进行着抢救工作。整个巷道水位在不断升高，配电室、水泵房灌满了积水，情况异常严重。

有人喊："一定要保住配电房、水泵房，这是抢险的关键！"

工人们肩并肩地站在漏水中，组成一条运输线，一包包水泥，一包包沙袋，迅速由马口传到配电室、水泵房，又一道挡水墙在短短10多分钟内修筑起来了，漏水被暂时挡在了墙外。

青年工人张坚把100斤重的水泥包扛在肩头，压得他几乎迈不开步，他咬紧牙，趟着没胸的泥水，一步步地将水泥扛到配电房。他每走几步，总要几次摔在泥水中，摔倒后赶紧爬起来，再摔倒，再爬起来。

涌水把导坑变成地下河，水已经深及胸口，而且流速很快。

张坚踉跄着扛着水泥包，一步一步向配电房挪去，突然一脚踩滑，身体在水中失去重心，朝前一扑，头部在水泥包沉重撞击下，砸在坑道尖突的岩石上。张坚一声惨叫，倒在坑道里。

待后续的人赶上前来时，张坚已经牺牲了。

队长脱下自己的工作服，裹住张坚的尸体。

人们擦干眼泪，立刻又投入紧张的忙碌之中。

涌水不停喷射，已经把掌子面全部淹没了，泥浆翻腾着，全封闭挡墙的四周在喷水，出水管也在喷水，水柱射出六七米远。

技术员龚德义大声喊道："必须在出水管上安装节制闸阀，控制水势！"

龚德义话音刚落，吴鸣冈工程师就带着4个青年工人，扛着20多公斤重的闸阀，一齐跃入深及脖子的泥水中，向墙头冲去。

水下坑坑洼洼，碎石如利刃般散布水中，使人迈不开步，喷射的水柱，使人无法接近掌子面。

人们手挽手，形成一个整体，一步一步向前缓缓移动，终于接近了堵头。

大家全身浸泡在水中，艰难地操作着。

青工小顾用尽全身力气，举起沉重的闸阀向出水喷口扑去，喷水暂时被控制住了。

配电室里，泥水已漫过临时搭筑的挡墙涌了进来，水位越来越高，电缆接口处火花在不断闪动，并且冒出缕缕青烟。

人们知道，这是最危险的地段，一旦6600伏的高压电同水面接触，几秒钟之内，便可使周围的人变成焦炭。

张泽本和小宋面对险情果断决定，拆除接线盒，提高电缆高度，赢得时间，抢修电盘！

11时30分，涌水淹没了电缆头，坑道断电，电话呼叫不通，洞内洞外联系全部中断，险情更加严重。

这时，坑道内伸手不见五指，漆黑一片，大家打亮手电镇定地与涌水搏斗着。

又一个钟头过去了，涌水在不断提高，水泵仍不能启动，浑黄的泥水翻滚着，越来越凶猛。

队长望着那一张张沾满泥渍的脸，望着那滚滚的眼看就要没顶的水势，他毅然决定："停止抢险工作，全体人员撤出坑道！"

…… ……

二局职工历时8个月，终于战胜了沙木拉达隧道，沙木拉达隧道海拔2244.14米，为昆铁路的最高点，全长6379.12米，是当时全国最长的隧道。

修建普雄至西昌段

1966年5月,筑路部队到达了普雄,他们了解到,普雄虽然只是一个小镇,却素有大凉山的心脏之称,这里70%是彝族人,是整个凉山州地势最高的地方。

普雄很小,只有一条街,但却是成昆铁路上的一个大站,过往车辆全部要在这里停靠。车站离镇有一段距离,交通工具是马车。

部队在大凉山,真实地感觉到了"睁眼就看山,出门就爬山,转身还是山","抬头一眼就看见,抬脚却要爬半天","对面叫得应,走拢就天黑"这些民谣的真实含义。

大家尤其感觉到,这里气候变化实在太大了,在昭觉的时候,那里一年四季大雾弥漫,浓得像帐子一样,大白天汽车开着大灯也得一步步挪,稍有差错就会翻落到悬崖下面,迷路更是常有的事。

他们到了布拖,那里风又大得要吃人似的,声如惊雷,都能吹破他们的帐篷布,六七月间风吹在脸上还像刀刮一样。

战士们说,美姑的雨更是厉害,绵绵雨季,只要连下几天,你出门就必须提防泥石流,有时走着走着冷不防就会有几块大石头夹裹着泥土,带着一股洪水从山上呼啸着冲下来。

他们都觉得，这段温差也很大，有的地方热得像钻进锅炉，三十八九度的热风仿佛瞬间就可以把你身体的水分抽干，冷的地方中午11时冰才融化，15时就又开始结冰。

战士们在中午太阳当头之时，打赤膊还大汗淋漓，转眼间到了晚上，他们加盖两三床被子还缩成一团，冷得无法入睡。

部队在夏日的普雄，个个挥汗如雨，桥梁工地上一片繁忙。

大家看着桥墩节节升高，心里充满了自豪感。

模型工班长吴承清站在桥墩上，与江勇峰师傅一起立着钢筋混凝土模板。吴承清头上的汗珠，一滴滴落在桥墩上，被烤得冒起一股青烟。

吴承清抬头看看，蓝天无云，太阳白晃晃的，火一般灼人。他忽然感到一阵昏眩，眼里迸出无数金星，眼前一黑，一头栽倒在桥墩上。

江勇峰一见，赶忙抢步上前，他一把抱起吴承清，大声喊道："小吴，你怎么啦？"江勇峰用手一摸吴承清，发现他全身发热，赶紧把他搭上木板车，和几个人进了工地卫生所。

护士对吴承清一检查，大吃一惊，吴承清竟然高烧达到40度。

医生对吴承清的队长说："他都高烧到这个程度了，

怎么还让他上工地?"

吴承清着急地对队长说:"队长,工地上还等着我去立模呀!"

队长说:"治病要紧,你都高烧成这副样子了,嗯,听医生的。"他不由分说,将吴承清交给了医生。

队长到工地走了一圈,等他回到队部,就听到电话响了。他拿起话筒,听到对方焦急地说:"吴承清从卫生所跑了!"

队长一听就火了:"这还了得,高烧中,怎么能高空作业!"他放下电话,就火急火燎地赶到了工地。

队长一到工地,就冲着桥墩上的吴承清猛吼一声:"小吴,你给我下来。"

吴承清却没有一点反应。

队长又大叫:"小吴,你再不下来,看我上去揍你!"

吴承清还是没有反应。

队长真急了,他把衣服一脱,攀着脚手架,三五下便爬到了桥墩上,他上前一把抓住吴承清,怒喝道:"我看你还跑!"

然后,队长将吴承清甩在背上,爬下桥墩,再次将他送进了卫生所,并将他关进了特殊病室,还在门上上了锁,把钥匙交给了医生。

队长临走时扔下一句话:"你小子给我老实待着打吊针,再跑我真揍你!"

吴承清躺在病床上,心里想:"工地施工进度紧张,模板还没立好，怎么能浇灌混凝土？木工又少，人手不够，师傅们着急，我不能躺在这里。"

于是，吴承清翻身起床，拔掉针头，蹑手蹑脚地摸到窗前，推了推，他发觉能打开。原来队长光顾锁门，却忘了锁窗。

吴承清左右一看，没人。他鼓起劲，爬上窗子，向外一跳，摔了一跤，他爬起来，拍了拍身上的泥土，踉跄着向工地奔去了。

部队修筑铁路，主要是靠肩挑背扛，如最常用的二锤、钢钎、扁担，是他们拥有的主要武器。

打二锤则是每个筑路人必须具有的基本功。

一个工人初次练习打二锤时，把师傅的手擦伤了，血不断地往外流，他被当时的情景吓坏了。

可是师傅只简单地擦拭了一下，并鼓励他说："不要紧，我们继续练下去。"

施工中运输十分繁重，汽车分队的战士们说："时间紧，我们抢；任务重，我们担；道路险，我们闯。"

他们为了把大批建筑施工材料抢运到工地，争分夺秒，日夜奔驰在盘山险道上。

广大指战员和铁路职工为了加速施工进度，迎着困难上，条件自己创，土法上马，以土代洋。

他们说："不怕没设备，就怕没志气，一颗红心两只手，自力更生样样有。"

他们为了节约水泥和运输力，就因地制宜，就地取

材，用石头代水泥；砌桥墩，修隧道，用河里的鹅卵石砌成坚固的洞门和挡墙；还利用隧道炸下来的石砟、石粉打混砟混凝土，既节约又解决了困难。

　　同时，指战员和职工们在紧张艰苦的施工中，还在山脚岩边和沙滩河畔上移土造田，大搞农业生产，这样就大大减轻了人民负担，改善了部队生活。

修建西昌至金江段

1965 年底,以铁道兵为主的建设大军增至 40 万人,决战于成昆铁路沿线,从西昌同时开始向昆明修建。

官兵们都知道,西昌是凉山州的首府。在城中心,大家都看到了刘伯承和彝族首领小叶丹的塑像,纪念当年红军长征过大凉山。

部队领导深知,四川省的西昌地区和云南省的元谋至昆明一带,盛产粮食和经济作物。沿线蕴藏着煤、铁、铜、铝、锌、石棉、磷、岩盐等多种金属矿物和非金属矿,开发前景十分可观。

铁道兵七师三十一团工地指挥部依山傍水,一排简易工棚在金沙江畔撒开。

师团营三级干部围着莲地隧道沙盘,正在策划施工方案。

师部刘总工程师站在挂图前,瞧了瞧师长许守礼和政委杨旭初,用木棒指着沙盘,加重语气强调:"就成昆铁路南段而言,莲地隧道是全线重点控制工程,全长 4602.105 米。这里地质情况异常复杂。莲地隧道系深埋隧道,最大埋深达 900 米。洞身穿越的主要岩层为石英砂岩、石英砾岩、石英质黏土板岩,昆明端为薄层泥质灰岩和板状钙质岩。由于受区域性深大断裂的影响,岩层结构错乱，岩石节理发育，裂隙较多，呈破碎状，开挖时塌方严重。隧道通过 4 条断层，其较大者为移步苦大沟的逆断层，破碎带长达 200 米，层间水丰富，个别地段出现涌水，成都端最大流水量每夜曾达 9936 吨。"

与会者听了刘总工程师对莲地隧道的扼要介绍，他们的心一下子揪紧了。

许守礼和杨旭初来到莲地隧道，面对巍峨的群山，湍急的金沙江，他俩皱紧了眉头。

他们明白，摆在他们面前的有两大任务，一是组织力量抢修施工便道；二是抢时间，把大型笨重的机械拆卸开来，抬至洞口，争取早日开挖导坑。

他们远远望去，成昆铁路庆新段只有两条临时便道从山顶盘旋而下到金沙江畔。整个便道坡陡路窄，汽车只能单行，只在一定距离内选择较好的地形加宽一段路面作为会车线。车在便道上行驶，犹如悬崖峭壁上爬行的甲虫。

他们考虑到当时运力不足，就决定雇用一部分地方汽车运送材料。

县支铁部决定派有丰富山区行车经验的米易县司机杨某带队运料到莲地隧道。

杨某二话没说，当天驾车就走。

杨某带队驾车来到"鬼见愁"，他一看，上边峭壁千丈，下边是咆哮的金沙江，一条肠子似的便道甩在悬崖峭壁上，不由惊叫道："格老子，这怎么能开？"

杨某对负责施工的王连长说:"解放军同志,这车说啥不能往前开了。"

王连长说:"这咋行?隧道施工正急着用料呢。"

杨某说:"解放军同志,你说的全在理,可我心里发虚,这路我不敢开啊。"

王连长叹了口气,挥挥手说:"好吧,那就将材料卸在这里吧。"

于是,"鬼见愁"就成了运输材料的中转站。

那天,三十四团运输队司机张彪驾驶着一辆解放牌汽车从便道给工地运料,在途中却遇到了暴雨。

车子下坡打滑,刹不住,张彪一急,用车身强行去摩擦岩壁,企图减低车速,殊不知车子因猛地受阻,一下子从盘山公路上一个跟斗翻了下去。

汽车在空中翻了720度,又稳稳地落在高差20多米的盘山道上,而且仍能继续行驶。

在大雪封山的时候,运输队的司机们给轮胎放着防滑链都打滑。

即使运输队遇到大雾天,伸手不见五指,他们也要开着车,把材料送到工地上去。

司机们开了十七八个小时,才把车子开到工地上,他们还要帮着打石砟,要铺一截铁路撒一截石砟,还要帮着装卸工来装卸材料。

师部考虑到"鬼见愁"使材料运输受阻,决定组成水上运输队,人称"敢死队"。

之前，杨旭初和副师长刘明江及师里的工程技术人员十余人，为了组建水上运输队，沿金沙江进行考察，并特地请了一位从小就在这一带划船的老船工给他们引路、划船。

这天，他们来到阴阳滩岸边，他们只见浪涛拍击着峭壁，浪花飞溅，发出惊心动魄的怒吼。

老船工在杨旭初的耳旁大声说道："有一个英国人来这里探险，翻船死在这里，他被淹死后，老乡就把这里称为'英洋'滩，后来喊顺口了，干脆就叫'阴阳'滩了。反正不管叫啥，船到这里都是九死一生。"

杨旭初在金沙江边对水上运输队的队员们进行火线动员："同志们，你们都是党团员，全师信任你们，挑选你们出来就是为突破水上禁区，要以一不怕苦、二不怕死的精神，战胜金沙江，利用金沙江，及时把施工材料抢运到隧道口，保证提前打通莲地隧道！听到没有？"

18个战士齐声喊道："听到了！"

水上运输队长罗福贵带领队员整装待发，用圆木扎成的5个木筏，排列在金沙江边。

这时，罗福贵怀里还揣着"父病危速归"的加急电报。父亲病重，他妻子几次来电报催他回去。但施工任务一个接着一个，他实在分不开身。

昨天夜里，罗福贵对着满天繁星，朝着川北方向含着眼泪说："父亲，原谅儿子不孝。"

此刻，刘明江给18位勇士敬酒。

罗福贵双手接过刘明江递过来的酒碗，头一仰，一饮而尽，大声说："金沙江，老子们要闯一闯。"

罗福贵等18位战士驾驭着6只木筏，一路闯过"老鸦滩""老虎嘴"，木筏直向"阴阳滩"而来。

罗福贵乘着第一筏，他扳着舵，左右两个战士划着桨，每只木筏由16根圆木捆扎而成。

波涛将他们推向浪峰，又立刻将他们压下谷底。队员们注视着，江中暗礁如林，江水激起巨大的漩涡，卷起根根水柱。

一排巨浪向罗福贵压来，他狠给一舵，木筏箭一般向排头浪斜刺过去。"砰"的一声，木筏被狠狠地砸了一下，反弹出七八米远，立刻又重重地落在浪谷中。

没容得罗福贵反应过来，又一个浪头已重重地砸在他的头上。

罗福贵一阵晕眩，他听见"咔嚓"一声，木筏左边两桨被砸断，划桨的战士摔倒在木筏上。右边又一个大浪打来，木排顿时失去控制，在波浪中摇撼着，向阴阳滩漂去。

罗福贵从昏眩中清醒过来，他看到木筏正横在巨浪中，向阴阳滩大跌水处疾速冲去。他瞪大眼，紧攥着木舵，咬着牙，自己对自己说："镇静！镇静！"他明白这时稍有差错，就是灭顶之灾。

离"跌水"越来越近，队员们看到江水在这里飞泻而下，滩下激起十几米高的浪花！

100米，80米，越来越近了。罗福贵心里震颤了一下，他把牙关咬得咯咯作响，心里想道："阴阳滩，你难道果真是鬼门关？"

60米，30米，已经更近了，罗福贵知道，到了最后一搏的时候了。他大声喊："只能成功，不能失败，工地上战友们正等着用料！"

20米，10米，这时任何考虑都已经来不及了，眨眼之间，大浪已将木筏高高抬起，疯狂地向大跌水处摔去。

罗福贵双手紧紧抱住舵把，一个弓步，借助一只脚的力量拼命向前硬顶。他感觉两边肩膀被震得直发麻，脚被顶得已经僵硬了。

战士们大声呼喊："排长，稳住舵！"

又一个巨浪向罗福贵扑来，罗福贵觉得全身一震，腿部像被什么东西重重地击中，"咔"的一声，他一只脚不由自主地跪了下去。

罗福贵的一条腿被折断了，血和水顺着裤管往外流，染红了木舵处。

突然，激流中漩涡一转，木筏又从浪谷里钻了出来。顺着激流，迅速倾斜着向阴阳滩下一个巨石撞去。

战士们都绝望地闭上了双眼，心说："完了！"

罗福贵在这千钧一发之际，支撑起身体，狠命一舵，迅速扳正了排头，木筏呼的一声，穿过波浪，擦过巨石，躲过跌水，飞流下滩！

水上运输队终于闯过险滩，将材料送到工地上。

1967年11月1日，筑路部队九连正战斗在黑井隧道洞口。21时左右，一场罕见的连续不断的特大塌方突然发生。

刹那间，几百方石头伴随着轰轰的响声倾垮下来，电线断了，高空运输的天桥砸塌了，防护棚和作业架全部砸倒了，5号隧道狭长的地段上，堆满了塌方的石头和倒塌的木料。

正在高处作业架上的刘国吕等8位战士全部摔了下来，工地内外挤满了不同连队的人。

排长赵海清和战士于月明、冯建友、王国安、王继青、张一昌、孙永然、王秀文、李良书等3个连队夜班作业的9个战士最先冲进险区。他们在黑暗中，只觉得到处都在掉石头，但他们什么也看不见。

9个人在短短4分钟内，在连续3次大塌方中，一口气救出了3位战友。

团长得知还有5位战友被困，就把抢救突击任务交给了来人最多的九连。

立刻，几乎所有人都在大声喊着："我是九连的。""我也是九连的。""我们都是九连的。"好几个连队几百号人都说自己是九连的，谁也不肯后撤一步，谁也不愿离开这里。

九连立即投入了抢险，他们很快发现了被石砟、木料埋着的战士樊勤。

立刻，五班副班长陈大文、六班长宋文田、风枪手施景武和"混"在九连突击队里的七连战士邢广田，自动组成了一个抢救小组，九连四排排长张连启主动担任抢险指挥。

施景武拼着全力猛扒压住樊勤头部的石砟和木头，这时，一块险石掉下来把他打得翻了个跟头，战友们赶紧先把他救了出去。

这时塌方还在继续。

又一个"混"在突击队里的七连保管员刘瑞庭猛然发现樊勤头上没有防险帽，他就毫不犹豫地摘下自己的防险帽戴在樊勤头上。接着，又有许多人把自己的防险帽递了过来。

三营营长邢振海正站在险区指挥九连抢救，他看到这一切，大喊一声："扛大木头来！"

邢振海和张连启决心在这里指挥九连搭起一个掩护战友们的偏厦作为"大防险帽"。

此刻，几乎所有险情观察员都在发出告急哨声，预报好多地方的险石就要落下来了。

突击队员们组成三个梯队，每人抱着一根粗大圆木仍然冒险而上，很快，一个偏厦就搭起来了。

老营长刘文才爬上危险区的高处，站在半悬空的木头上，抱着刚接上电源的聚光灯，使巨大的光柱照亮抢救人员。

邢广田把樊勤的头抱在怀里，而自己的头和背却暴露在了偏厦外面。突然，一块险石掉下来，正好打在邢广田的防险帽上。邢广田坚持着纹丝不动，却把樊勤的头抱得更紧了。

一直蹲在那里用双手猛扒碎石的宋文田，抬头看到陈大文用身体掩护着自己，低头看见邢广田把樊勤的头抱在怀里，他更加快了抢救的速度。因此他的双手很快被划出了很多血口。

战士们整整用了两个小时，终于把樊勤救了出来。另外4名战士刘国吕、黄秀龙、徐德君、赵志杰牺牲了。

指战员们用火把和马灯照明，用人工煽风驱烟，用钢钎大锤开凿，肩挑人抬出砟，整座隧道就硬是被战士们用钢钎凿通的。

修建黑井镇龙川江大桥时，一名战士因为连续工作了多日，已经过度疲劳，夜间在桥墩基坑边工作时不幸掉了进去，当时正好在向基坑浇注水泥，等其他人发现时，这名战士已经牺牲。

1969年3月5日，这天正是学雷锋纪念日。

当时，冷长明是铁五师一名刚参军的隧道兵。他们连队负责施工的枣子林隧道按照预定计划要在当年10月1日前完工，向新中国成立20周年大庆献礼。

早上8时，引线员准时点燃了第一排炮。

冷长明和战友们站在安全距离之外，屏气敛息，竖起耳朵静静数着炮声。

一声，两声过后，已经足足15分钟过去了，有一颗炮却始终没有响起。

所有战士的心都揪了起来，又出现"哑炮"了，这是隧道兵最怕遇到的情况。

战士们知道，所谓的"哑炮"并不是不会爆炸，很可能是因为碎石压住了火线，暂时阻断了燃烧，但并没有熄灭。翻动石头的时候一定要万分小心，如果恰好把压在火线上的石头拨开了，火药就会在瞬间炸响。

负责进去排哑炮的战士都是胆子最大、心思最细的。偏偏那天班里排哑炮的安全员不在施工现场。

冷长明站了出来："都别动了，我进去吧。"

冷长明戴上安全帽，穿上细帆布"围裙"，手拿一把小铁耙子，走进了隧道。

冷长明清楚，因为隧道渗水严重，爆破用的是胶质炸药，比传统的 TNT 炸药威力大得多，非常厉害，可面对眼前一堆乱糟糟的土和碎石块，他几乎不知道该从哪儿下手。

突然，一声炸雷般的巨响在冷长明耳边响起，他只模模糊糊意识到出事了，紧接着就什么也不知道了。

冷长明醒来的时候，他已经躺在会理的成昆铁路后备医院里。

医生告诉冷长明，他的右手腕骨断了，铁耙飞起来打在额头上，留下了一道深深的伤痕。

冷长明的全身一共有大大小小的伤口 100 多处，爆炸产生的巨大威力，把无数块小碎石深深嵌进了冷长明的整个左半边身子，从他的脸到脖子，再到肩膀和胳膊，还飞进了眼睛和耳朵里。因为碎石块头太小,又嵌得太深,绝大多数碎石无法取出来,只能一辈子留在冷长明的身体里了。

冷长明整整在医院住了 123 天,出院的时候,他已经成了整个铁道兵部队都在竞相传颂的英模。

修建金江至广通段

铁五师在1965年完成贵昆、襄渝等任务后，奉命调到成昆铁路金江至广通段的渡口支线，进行施工。

命令中说，成昆铁路必经的重要工业城市渡口，是我国资源最富集的地区，被誉为"富甲天下的聚宝盆""未来的工业天府"。

大家了解资料得知，渡口已探明矿产55种，其中钒钛磁铁矿达90亿吨，远景储量200多亿吨，占全国的3%；钒储量1952万吨，钛储量86544万吨，分别占全国储量的70%和90%，而且名列世界前茅。

另外大家知道，渡口水能资源高度富集，发电量大约为6000亿千瓦，占全川的17.5%；有色金属、煤炭、非金属矿、生物资源、森林等也很丰富，是我国最理想的战略后方之一。

按计划，部队修建成昆铁路过龙阶后，再溯龙川江上爬到海拔1900米左右的滇中高原，然后顺旧庄河下行，穿越滇池地区的丘陵和淤泥地带，即可到达云南昆明。

5月，师长李绍珠率各团团长及参谋人员从云南宣威到攀西查看五师管段的任务。

李绍珠一行从德昌到达三堆子，再从倮果到达格里坪。由于当时炳谷到三堆子没有公路，他们在设计人员陪同下，拿上图纸，徒步跋山涉水，攀越悬崖，跨过河流，穿过深涧，翻越绝壁，详细踏看了线路走向和重点桥隧，并预测了工程数量。

他们马不停蹄地冒着40℃的高温，头顶着烈日，从倮果走到格里坪，实地调查民情社情、气候情况、交通条件、当地资源等，摸清了情况部署了兵力。

在渡口的8年中，铁五师先后承担和完成了"两线""三片""一厂"的铁路工程，参加了朱家包包万吨大爆破施工，还完成了西昌卫星发射基地的铁路专用线建设任务。

"两线"就是成昆线的米易、三堆子段和渡口支线的全部工程，以及承担渡口支线和成昆铁路从礼州至金江车站的铺轨架桥任务。

铁五师承担的米三段正站线长72.1公里，车站7个；主要工程有隧道31座，长28.9公里，桥梁51座，长5.4公里；涵洞129座，横长3.07公里；土石413万立方米；上道砟14万立方米；全线于1970年3月10日铺轨通车。

他们承担的渡口支线，是从成昆线的牛坪子、三堆子两个车站分头出岔。支线通过"人"字形的青龙山隧道，横跨雅砻江大桥，沿金沙江和厂区蜿蜒向西穿行于群山峡谷之间，把朱家包包、兰尖火山三座矿山、弄弄坪攀钢的焦化、烧结、冶炼、轧材大型厂矿与河门口、格里坪的电力、水泥、木材、石灰石等厂矿企业巧妙地联系在一起。成为百里钢城吞吐物资、进出木材和经济文化建设的神经纽带和主动脉。

渡口支线正站线长58.92公里，其中站线18公里，车站6个，主要工程有隧道15座、长10.9公里，桥梁45座，长360米，涵洞72座，横长2600米，土石493万立方米，永久性房屋3.5万平方米，挡墙加固坊工6.1713万立方米，上道砟11万方。

全段在1970年6月20日铺轨通车，为全线贯通，迎接出铁作出了贡献。

他们承担的"三片"主要有：第一片是河门口、格里坪地区的6条厂矿专用线，共长9.15公里，包括为攀钢运洗精煤、石灰石、水泥外发的专用线。第二片是河门口电石运煤、格里坪储木场及丽江迪庆等物资转运线。第三片是弄弄坪地区的8条专用线，是连接攀钢各厂之间往返运输，以及为支线连接的运输动脉。如103编组站、翻车机、红旗站、北部站、西渣线、煤水站、料泥田仓库区，机车库等专用铁路，长度46公里。

以上三片铁路全长90.5公里。

铁五师承担的"一厂"是攀钢年产6.5万吨的耐火材料厂。主要工程有土石100万立方米，涵洞长500米，以及房屋、立窑、砖窑等项工程。

铁五师为迎战以上工程，率全师5个团和汽车、机械、修理、给水、发电、工通等专业营的4万多名官兵以及配合施工的凉山民兵团、安岳民工等总共5万多人，铁五师在长达200多公里的铁路线上，摆开了战场。

官兵们一起平场地、修席棚、支帐篷、修公路、建电站、架电线、架管道、拉索道等，联通各隧道、桥梁工地，为施工创造条件。

部队一到位，3天之内就投入施工建设之中。

在枣子林、手攀岩、橄榄坡、九道拐、新庄等隧道施工的二十二团、二十三团、二十四团和二十五团的指战员，一直在险恶环境下战斗。那些地方，有的地下水就像瀑布泉涌，有的地方煤气瓦斯不断出现，还有的经常出现塌方，有的洞内冰冷刺骨，有的洞内温度竟然高达60度。

但战士们不顾生命危险，一寸一分地开挖和掘进。

尤其是爆破后，浓烟滚滚，有时通风不良，毒气熏人。有的人昏倒在地，后面的人就把他抬出去，接着又有人继续冲上去。

他们饿了就啃几口馒头，渴了就喝地下水。

他们昼夜加班加点，条件艰苦，但再苦再累，即使衣服湿透，满身泥污，仍然不愿意下火线。

部队是从寒带或温带到亚热带，露天施工的战士一时很不适应，他们嘴唇开裂，鼻腔流血，吃不下饭，可仍投入了紧张的施工之中。

战士们乐观地说："天是罗帐地是床，金沙江边运水忙，三块石头架口锅，野菜盐巴下干粮。""白天太阳烤、黄昏蚊虫咬、晚上雨水浇。"

战士们腰系绳索,手持风枪,埋填炸药爆破,终于开出了一条坦途,让火车能够飞驰而过。

铁五师广大官兵说:"你要问我苦不苦,想想长征二万五;你要问我累不累,想想毛主席睡不睡。"

二十三团十一连战士刘体民,在塌方的生死关头,为让战友早一分钟脱险,自己被埋80多分钟后方被救出。

尽管刘体民腿被塌方压断,但看到战友未伤,他欣慰地笑了。他说:"我们不怕苦,是让人民不受苦,我们不怕死,是为人民得幸福。"

二十二团后勤处材料员崔茂根,年仅21岁,云南宣威人。一天,他正在看护停靠在桐子林雅砻江边的木排,突然洪水暴涨,冲断了绳索,眼看施工用的原木就要被冲走,他不顾生死地跳入水中抓木排,正往回拉时,又被恶浪劈头盖住,失去了年轻的生命。

师机械营的范营长1946年参军,他的爱人生病住院了,家中孩子小无人照管。他把孩子托付给邻居后,又跑回了工地,一直忙碌在长达100余公里的重点土石方工地上,来回检查指导工作。

范营长看到战士们冒着酷暑开着机械,再加上机械散发的热量,那真是汗流满面,衣衫湿透,满身灰尘,有的战士竟然昏倒在机械上,范营长一旦发现,就赶紧顶替战士去开铲运机或推土机。

范营长的行动使战士们备受鼓舞,他们夜以继日地干。在1967年上半年，该营就完成土石方179万立方米，最高月产达55.21万立方米，机械完好率保持在90%以上，为迎接铺轨通车扫除了"拦路虎"，受到师首长的表彰。

二十三团三营在1967年3月份完成隧道成洞244.7米，每个连队平均完成48.9米，其中十一连就开挖隧道导坑255米，折合成洞63.25米。十二连的扩大衬砌完成72.11米。

该营全部平均每米成洞用工仅70个工天。均创造了优异的成绩，被喻为"钻山虎"。

师薛鱼参谋长、刘湘君团长率领被铁道兵命名的"四好连队"——二十一团一连，他们以临战的姿态，抢速度，铺铁轨架桥梁，同三连一起，在大村大桥创造了28小时架23.8米的金合序应力梁14孔的全国架梁新纪录。

当铁六师在襄渝线创造90分钟架一孔23.8米的桥梁新纪录后，五师又组织二十一团三连，在兄弟连队配合下，架设牛坪子车站大桥时，科学组织，互相配合，密切协同，连续作战，架9孔23.8米的桥梁，平均每孔仅用85.5分钟，再创全国架梁新纪录。

这种你追我赶、不甘落后、勇攀高峰的革命英雄主义精神，促使铺架任务节节飙升，使二十一团超额、提前、优质地完成了从西昌市的礼州到三堆子及渡口支线300多公里的铺架任务。

师工兵通讯连在连长何梓祥、指导员彭建亮的率领下，1965年5月6日开始执行架设成昆铁路达䥽到德昌的工程通讯任务，共征服了70多座高山，穿过20多支大小河流，沿途披荆斩棘，翻山越岭，以超过平原的架线速度架通了长达200余公里的"双担16线"通讯线路，创下了新的纪录，为沟通各师之间的通讯联络、为上级的组织指挥创造了条件。

为表彰师工兵通讯连的精神，师部给该连记了集体三等功，铁道兵西南指挥部又授予他们"胸怀全局，敢于吃大苦耐大劳"的标兵称号，号召各师向他们学习。他们紧接着又沿铁路线架通了从桐子林到垭口的3.5万伏的输电线路，为施工用电创造了条件。

施工物资每天有40～60个车皮从全国各地到师转运站。承担物资转运的师汽车营的驾驶员们，经常要面对长途运输线上坡陡路窄、山高谷深、悬崖峭壁、泥泞路滑的险境，尤其是每到秋冬，还要克服在泥巴山、蓑衣岭、拖乌山一带公路被冰雪覆盖的困难。

他们昼夜兼程地奔驰在千里群山险道上，用车轮拉出了座座漂亮的隧道，座座巍峨的桥梁，为攀枝花的建设流下了辛勤的汗水，其中有19名驾驶员不幸牺牲在千里运输线上。

师汽车四连副连长严道兵，在军事训练中的投弹现场上，奋不顾身地将战士误投在自己脚下即将爆炸的手榴弹，俯身拾起扔出了危险区，保护了30多名战友的生命安全。

隧道内施工的部队最艰苦也最危险，他们要克服地质破碎、瓦斯超标、发生泉涌、塌方不止、哑炮排除等困难。

有的营连还缺少长隧大桥施工经验，他们就积极走访，以能者为师，以老带新，虚心学习，顽强钻研。他们很快由不会到会，并且掌握了多种复杂地质条件下打长隧道、多线隧道、桥站隧道、环形隧道、人字形隧道和高长大桥的施工管理和技术。

二十四团在修建长达3000多米的枣子林隧道时，突然遇到洞顶上大面积山体滑坡，不仅危及隧道和甸雅公路的安全，而且两个营近3年的施工成果将毁于一旦，更重要的是影响通车时间。

经师、团三结合小组现场踏勘，采取了"卸载减压"和"锚固山体""治理边坡""天沟排水"等治理方案，将滑塌的几十万土石方运走，在山体滑坡面打锚固桩，半山腰修一天沟加速排水，减少渗透对铁路的威胁。

1967年一个周日下午，战士黄正江正在晒太阳，这时，他发现班长陈德全一个人拿着小铁镐，悄悄回到了工地上。

陈德全对他说，前一天的爆破在隧道口留下了一大堆散乱的碎石和砟土，自己想把它们清理掉，第二天开工能快一点。

陈德全眼看就要清理完了，铁镐却狠狠打在了一块大石头上面，刚刚下过雨的地面泥泞湿滑，陈德全一个趔趄，一下子掉进了脚下的安宁河。

正值汛期的安宁河洪水汹涌，黄正江只能眼看着陈德全的黑发在眼前一闪，瞬间就被洪水吞没了。

战友们含着热泪沿河寻找班长遗体，最终在下游的河边只找到了一条刻着"陈德全"三个字的皮带。

徐太平刚到成昆线的时候，他们四周都是悬崖，部队只能在金沙江边的斜坡上临时开出一片平地扎营。

不想白天还是风和日丽，夜里却起了狂风。战士们还在梦里呢，风一下子就把帐篷连根拔起甩到江里面去了。他们只听得锅碗瓢盆一阵叮当乱响，眼看着全滚了下去，连人也差点被吹到江里。

一支部队在高山上宿营，白天，一场暴雨冲走了战士的被子，夜里，一场大雪又不期而至。第二天早晨一看，帐篷不见了，战士们蜷曲的身子像一座座雪丘，军号一吹，雪丘里站起了一个个雪人，然而，有两座雪丘却静卧在雪原中，再也没能站起来。

筑路过程中，省、市委和成都军区给部队及时传达中央指示，经常邀请部队参加地方的重要会议，共同商讨施工建设大计。

地方每年春节、建军节都开展规模宏大的拥军爱民活动，还率慰问团深入工地、营房进行慰问演出，看望部队，渡口市篮球队和部队球队举行友谊赛。

在施工与厂矿发生干扰时，双方都能从全局出发，留困难，让方便，处处支持部队施工。

地方把粮店、商店、邮电、理发、照相等服务行业，设在了部队较集中的地方，以解决部队物质文化生活方面的困难。

有的社员无偿送菜送蛋，曾出现了"南瓜鸡蛋"，即把南瓜掏空后放入鸡蛋。

渡口市还将停产闲置年产 1 万吨的小水泥厂借给部队生产水泥。部队派人管理，将其扩大为年产 3 万吨的水泥厂，解决了部队水泥供不应求，运距又远的矛盾，有效地促进了铁路建设。

修建广通至昆明段

1964 年，铁八师和几个兄弟师接到总部向"成昆线进军"的命令，其中铁八师担负云南省楚雄州元谋县黄瓜园至一平浪 126.3 公里的铁路修筑任务。

三营作为铁八师三十八团的先遣部队，坐火车、汽车一直向西，经过 15 天的行程，又经过几天急行军，来到了元谋县，在龙川江畔一个叫攀枝花村的彝族小村安了营。

铁道兵每天很早起床，背上铁镐、铁锹等工具，翻过山头，要在龙川江边的悬崖上修一条为今后筑大桥、打隧道服务的运输线。

战士们看着头上成 90 度的陡峭山崖，再看看山脚是奔腾的龙川江，他们知道，要在半山腰站住脚，只有在山头打好钢钎桩。

战士在腰里绕好大麻绳，系好安全带，从山顶慢慢降到指定悬崖上，打眼、放炮，先在坚硬的半山腰炸出一块凹面，再慢慢啃出一块平地。

开始时，他们人人手上都磨出了血泡，后来磨成了老茧，平地一步一步向左右延伸。

虽然战士们手中只有钢钎、铁锤和炸药这些简单的工具，但是，他们打炮眼，放炮扒土，不停劳作，经过两个月的战斗，路在战士脚下向前延伸了。

当三十八团团部所在地元谋至羊臼河公路通车那天，十里八乡的乡亲们都赶来看自己会奔跑的铁牛，即汽车。

有一个满头白发的老大娘还背了一大背篓青草，准备给铁牛喂草，把大家笑得前俯后仰。

两个月后，大部队陆续开到这里，一场大规模的劈山修路工程全面铺开了。

铁道兵长年住帐篷、茅草屋，睡的是通铺、硬板床，有的战友为避免臭虫、跳蚤叮咬，就用绑带将床铺悬空吊起来，人悬空睡觉，稍微翻动一下，就像荡秋千一样，来回晃个不停。

战士们穿的军装都打着密密麻麻的补丁，那是训练和施工磨的，大家戏称为百衲衣。

战士们打隧道时，山洞里温度高，长年在38度左右，最高时达42度，衣服和裤子都被汗水浸湿了，衣裤干脆不洗了，汗迹干了就穿上，很多人甚至只穿一条裤衩，然后戴一顶安全帽就进洞了。

战士们出洞时，满脸、满鼻子都是灰尘，只能看到两只转动的眼睛。

他们每天工作6小时，分4个班24小时连轴转。

一些战士在悬崖绝壁上书写标语鼓舞斗志，其中有一副对联，上联是："打了一洞又一洞，洞洞相通"，下联是："修了一桥又一桥，桥桥相连"，横批是："乐在其中"。

在修建懒猫山隧道时，一次，连副指导员丁长富发现，隧道内的排架上有细碎石子掉下来，他心里一惊：不好！这是塌方的先兆！

当时隧道内有打风枪、排砟、装车等作业的士兵约30人，情况紧急。

丁长富立即吹响哨子，但由于洞内声音嘈杂，有的人根本听不见哨子声，丁长富边继续吹哨边急速拉人，结果洞内的人在前面跑，排架在后面接二连三地掉下来，有的差点被砸到了脚后跟。

由于丁长富及时发现险情，人员迅速撤离，没有造成伤亡，他本人也被部队授予二等功。

1965年4月，杨连弟连来到成昆线上，他们要修建的是密马龙大桥。

杨连弟是全军、全国著名的"登高英雄"，他为抗美援朝牺牲后，中国人民志愿军领导机关为他追记特等功，授予"一级英雄"称号，并命名他生前所在铁道兵连队为"杨连弟连"。

战士们感到，4月的金沙江畔，酷热难当，他们把鸡蛋放在江边的沙滩上，要不了10分钟，准会烫熟。

有的战士不小心抓着钢梁，手臂上立刻就被烫起一层燎泡。

战士们成天好像背着一个"火盆"一样，热得他们嗓子直冒烟。

正在施工的这座大桥最高的墩为60米，他们还是第一次遇到。大家都知道，当年登高英雄杨连弟抢修的桥最高墩才45米。

而且，一个月前，连队整编，老战士退伍，增加了好多新战士，这对他们又是一个挑战。

任务一下来，新战士们就说开了："从半空中掉下来，准得摔成肉酱。""一抬头连帽儿都望掉了，咋个能爬上去施工？"

这时，指导员对大家讲：人要登高，思想必须首先登高。他通过和大家讨论抢修成昆铁路的巨大使命，激发了战士们的情怀，鼓起了他们的干劲。

战士们把一封封决心书交到了连队党支部。战士们都说："当年英雄杨连弟为解放全中国，登上了40多米的陇海铁路8号大桥；今天，我们为了加强三线建设，登上高达60米的密马龙大桥。"

各班争着挑重担、当尖刀、打头阵。

登高修桥的战斗开始了，一班担任了最艰巨的立钢塔架的任务，他们边干边学，在施工中练，在工作之余也练，练臂力，练平衡，练胆量。班长杨玉贵言传身教，处处当先。新战士胡兴达手上磨起了泡，仍然坚持练。

有一天，班长发现了一个战士写给他未婚妻的信：

翠花：

很想念你，我不知你现在做什么，修大寨田，还是到了"铁姑娘班"？我走后，二老就拜托你了。弟妹们尚小，你要多操些心。

别人说，当铁道兵光荣，但光荣也少不了艰苦奋斗，上个月，刚到工地，金沙江气候热得我们不敢进帐篷。帐篷里真成了蒸笼，人一进去好像架在柴上烧。说老实话，这里的条件比我们山区农村还艰苦。

参军分到"杨连弟连"，这是一个英雄的连队。杨连弟你知道吗？他是一个登高英雄，在抗美援朝战场上牺牲了。

指导员讲，要向杨连弟学习，当兵就要不怕苦，不怕死。可是英雄不是那么好学的。说这话，你不会瞧不起我吧？我说的都是心里话，千万不要对别人讲。我们现在的主要任务是修桥墩。钢塔架伸向半天云里，我刚上去时，脚下打闪闪，站不稳，不敢朝下看，心里咚咚乱跳。班长叫我稳住心，沉住气，不要怕，越怕越要出事。我照着做了，一个星期下来，过了"登高"这一关。

我爱唱"送君送到大路旁"，战友们说："你想老婆了。"我说想革命伴侣咋了？我想起我俩中学毕业后回乡当社员的日子。收工后，有时你到村口大黄桷树下等我，风雨无阻。

亲爱的翠花，我不会给你丢脸的，请你相信我。我一定争取在部队上立功，把自己锻炼成一个英雄，让你成为一个英雄的妻子。

一天天过去了，战士们欣喜地看到桥墩一米一米地升高了，运送混凝土的钢塔架也随着一节一节地往上升。

战士们说："这虽不是同敌人面对面浴血战斗，但同样是严峻的考验。"

到30米的时候，一部分战士头脑中又冒出了那个"怕"字。他们说："头上白云飞，脚下河水滚，抬头看远方，山移墩不稳。"

新战士熊思兵登到30米时，看到云彩在空中飘飘晃晃，钢塔架也似乎欲倒，他越看越怕，越怕越胆小，他说："妈呀，这简直要命！"

但是，战士们克服了一个又一个障碍，一步一步，终于登上了60多米的钢塔架，将"八一"红旗插上了64米高的桥墩。

修建广通至一平浪间的铁路时，一名炊事员往工地送饭菜，他经过一片树林时，一条毒蛇突然从树上窜下，在他的太阳穴上咬了一口。

炊事员为了让战士们准时吃上饭，他顾不上看伤口，仍挑着饭菜往工地赶，等战士们发现他时，他整个脸都肿了起来，不一会就离开了人世。

1965年11月8日10点，23岁的董金官带领全班战士打好第二排炮眼后，便留下颜德钧、龙玉元两名战友配合自己装药点炮。

就在他们装药的过程中，炸药突然发生意外爆炸，董金官和两名战友被炸倒在地。

董金官的九颗牙齿被炸掉，下巴骨被炸裂，左眼被炸飞，右眼也被严重炸伤，身上还被炸进了很多砂石，他当场昏迷过去。

经过医务人员24小时的全力抢救，董金官终于醒了过来。苏醒后，董金官用微弱的声音说的第一句话是："颜德钧、龙玉元怎么样？"

在接下来的治疗期间，董金官承受着巨大的伤痛，但始终没有哼过一声，即便在得知自己将双目失明终生见不到多彩的世界时，他也没有流露出一丝的悲观与绝望。

面对探望的战友，董金官总要问一问现在的工程进度，并反复叮嘱他们，他使用过的风枪有一个螺丝帽容易脱落，要战友们注意检查。

连指导员去医院看望董金官，在长达4个小时的谈心中，他始终没有吐出一个"我"字。董金官表示：自己虽然没有了双眼，但还有双手和双脚，一样可以有所作为，一样可以为人民服务。

董金官为了忘掉痛苦，慰藉自己的心灵，他十分专注地学起了拉二胡。

后来，董金官无意中得知，学会盲文可以"阅读"盲人书籍，当前来探望他的师团首长再三问他有什么要求时，他只提出了派人教会他盲文这一个要求。

1966年4月，刘少奇偕夫人王光美出访巴基斯坦、阿富汗、缅甸，取道昆明回国。刘少奇在昆明视察工作期间，听取了关于成昆铁路建设进展情况汇报。

当刘少奇听到董金官的事迹后，很受感动，当即请王光美代表他到军区医院看望董金官及其他伤病员。

1966年秋，铁八师三十八团十三连、十二连驻扎在元谋县龙川江畔六渡河山吞里，与山那边的五营两个连对掘打通2300米长的六渡河隧道。

战士们已奋战了3年，春节都是在工地上过的，他们近阶段又碰到坚硬的石头，四班制连轴倒班奋战，每个排6小时顽强施工，却只能掘进1米多，离日进2米的要求还很远，大伙心里都很急。

徐志华是十三连三排的安全员，主要任务是放炮后进入工作面排除险石、浮石，检查哑炮，确定没有危险，再叫战友入内工作。

这天隧道刚放完石炮，徐志华不等洞内排完烟，就冲进了工作面。

徐志华撬了几分钟浮石，他感到心里闷得难受，透不过气来，随即晕倒在岔道口的斗车轨道上，什么也不知道了。

而在这个地方，斗车随时可能进出，徐志华的生命随时会有危险！

那天，十二连统计员赵馥锟正好进入坑道。因为部队要打通1000米以上的长隧道，必须先掘一条与主隧道平行的坑道，隔几百米横打岔道，从各个工作面通过岔道把石砟、泥土运出坑道，一般几个连队合用一条坑道。

赵馥锟在两个排交接班时测量进度。当他路过十三连岔道口，突然看见有人晕倒在斗车轨道上，十分危险，他立刻大叫起来："这里有人晕倒了，快来人啊！"

然后，赵馥锟不等别人来到，他就把徐志华背到坑道口。

因隧道内光线暗淡，赵馥锟也不知道所救的人是谁，等见到十三连有人跑进来接人时，他才松了一口气，随后就赶忙向自己的工地跑去。

徐志华在连队卫生员的看护下醒过来了。

大家把他晕倒的事告诉徐志华，他问道："是谁背我出来的啊？"

大家都回答不上来，当时接他的战友只顾救人，忘记问对方的名字了。

谁是救命恩人，就成了徐志华心中的不解之谜。

等徐志华身体好转后，他又特意去坑道调度员那里询问，但也只是模模糊糊得知，是十二连的一个统计员背他出来的，其他的就什么也不知道了。

孙剑明牺牲那天，距离成昆铁路全线通车只剩下两个多月的时间。当时，孙剑明的连队负责施工的九道拐隧道眼看就要打通了。

几天前，部队领导刚刚找孙剑明谈过话，调他到机关担任参谋。

孙剑明却执意不走，他想亲眼看到隧道彻底打通，亲眼看到成昆线上第一列火车从铁轨上呼啸而过。

孙剑明给家里写了一封信：

等成昆线建成了，我还要留在渡口修成昆支线，我还要去北京修地铁，去坦桑尼亚修坦赞铁路……

最后一排炮响了。还没等硝烟散尽，孙剑明第一个走了进去。他知道，只要把碎石清理完毕，就能和另一边的战友会师了！

谁也没有想到，一颗先前没有爆炸的"哑炮"就在此刻炸响了，孙剑明被埋在了碎石堆里。

等战友们从一片狼藉的碎石中扒出孙剑明的时候，他的鲜血早已深深渗入了祖国的大地。

直到为孙剑明处理后事时大家才知道，这个朴实可爱的小伙子，是四川省民政厅厅长最小的儿子。

铁五师师长顾秀闻讯赶到成都，面对自己的老领导一脸愧疚："首长，对不起……"

这位走过二万五千里长征路的老厅长却沉下脸来，他说："这是什么话？别人家的孩子就不是孩子吗？干革命，牺牲是难免的，剑明为了成昆铁路牺牲，是我们全家的光荣，我为他感到骄傲。"

第二天清晨，老厅长最宠爱的外孙女段海燕被哭肿了眼睛的妈妈叫到面前,妈妈对段海燕说:"姥爷说了,咱家第三代当兵的人就是你了。"

段海燕还不满 16 岁,就这样懵懵懂懂地打点起行装,离开了家,她就这样一个人坐汽车来到金沙江边的成昆铁路建设工地,成了中国人民解放军铁道兵第五师的一名新兵。

1970 年 7 月 1 日,筑路大军将从云南北上和从成都南下的铺轨机在西昌礼州铺下的轨排对接,成昆铁路终于建成。

四、铁路通车与启用

● 党中央、国务院、中央军委的贺电说:"成昆铁路……对开发西南资源,加速国民经济建设,加强民族团结和巩固国防都具有重要意义。"

● 有专家说:"成昆铁路至少推动中国的铁路工程技术进步了半个世纪;不是跨越、不是跳跃,是飞跃!"

● 联合国官员宣布:"象征人类征服大自然和进入宇宙空间的三件礼物,被评为联合国特别奖。这三件礼物是:中国,成昆铁路象牙雕刻艺术品。美国,阿波罗宇宙飞船带回来的月球岩石。苏联,第一颗人造卫星模型。"

西昌举行铁路通车典礼

1970年7月1日，中国共产党49岁的生日，举世瞩目的成昆铁路在西昌顺利通车。

成昆铁路在礼州车站接轨后，在西昌迎来了全线通车的盛大典礼。

其实，庆祝成昆铁路"七一"通车大会的准备工作，从5月份就紧张而有序地进行了。

大家都知道，这是代表西昌地区200万各族人民的一件大喜事。由西昌地委负责组织，西昌县军民积极参加。

筹备会议的人员达1000多人，参加大会的各方面人员达10万余人。地、县委又发了文件并多次召开会议进行安排布置。

西昌县红旗、马道、经久、黄联、西郊、六和、新宁等公社的18岁至30岁的基干民兵，31岁到45岁的普通民兵为基本骨干，一个公社有上千人参加。人们都争先恐后地来参加这次盛会，亲眼看一看火车是什么样的。

各级干部带领贫下中农、革命群众，机关由单位领导带队先进行纪律教育和列队训练。

大会主席台面东背西，设在原西昌火车站货运室地基上，群众坐在袁家山砖厂至卫生防疫站背后山上。

主席台上悬挂着毛泽东的巨幅画像和"庆祝成昆铁路'七一'通车大会"的横幅，主席台两边硕大的气球下吊着"毛主席万岁！""共产党万岁！"的巨幅标语。

大会由0083等部队警卫。从西昌城到会场的公路两边每隔3米就有1名解放军战士值勤。

6月30日参加会议的人员已做好准备，人们带着开水、馒头和毛主席语录、彩旗等等待进入会场。

当天17时，大会主席团通知西昌城区参加庆祝大会的全体人员马上到西昌广场集合。

中央祝贺团全体成员在各级领导陪同下来到会场。

当晚20时，在广场召开大会后由中央代表团带来的慰问文艺队表演丰富多彩的文艺节目，受到了铁道兵参战部队和当地人民群众的热烈欢迎。

会后参加大会的人员向西昌火车站进发。

由于人多路窄，人们行走速度非常缓慢。

7月1日4时30分，参加会议的观礼嘉宾，表演节目的花环队中小学生首先到达指定地点。

6时多，参加典礼的人们到达会场，被安排在主席台对面的公路上。

从城里、公社运送代表的车辆全部挂满彩旗和毛泽东的画像。

当天晴空万里，风和日丽。

7时大会开始，深夜起身的千万中小学生手举花环，爬上西昌车站背侧的山头，组成"毛主席万岁"的大字大会由西昌地委的杜林主持。

中央代表团登上主席台后,大会在气势磅礴的《东方红》乐曲声中开始。

首先由中央代表团代表毛泽东、党中央、国务院,向到会群众问好,宣读党中央、国务院、中央军委的贺电。

接着,贺电祝贺成昆铁路"七一"建成通车。

贺电说:

> 成昆铁路是西南地区的路网骨架,对开发西南资源,加速国民经济建设,加强民族团结和巩固国防都具有重要意义。

贺电赞扬筑路军民为党和人民作出巨大的贡献,向参加筑路的工人阶级、解放军指战员、贫下中农、工程技术人员、革命干部以及各族人民致敬,贺电勉励筑路军民再接再厉。

坐在主席台对面袁家山上的中小学生不断挥动鲜花彩牌演示"庆祝成昆铁路通车""向中央祝贺团致敬""向云南代表团致敬"等背景字幕。

张国华代表四川省委、成都军区及四川7000万军民向中央祝贺团及中央各部委代表,向铁道兵刘贤权司令员、宋维政委和铁道兵广大指战员,向云南省、昆明军区鲁瑞林副主任和云南代表团、云南军民表示热烈欢迎和衷心的感谢。

他表示，一定要按毛泽东、党中央的指示搞好四川工作。

宋维、刘贤权、云南代表团、铁道部、西南铁路指挥部、铁道兵十师领导、工人、农民、解放军战士代表也先后在会上讲了话。

大会还通过了给毛泽东的致敬电。

在一首欢快悠扬的乐曲声中，一列从成都方向来的新型旅客列车长鸣着汽笛开到主席台背后的铁路上停下，又一声汽笛长鸣，从昆明方向开来的旅客列车也在主席台后边停下。

铁二局12名青年工人站成两排，把早先就准备好的成昆铁路上的最后一根钢轨放好拨到位，钉好道钉，拴好夹板。

这样成昆铁路最后接通，全线完工。

刘贤权、宋维、张国华、鲁瑞林等领导走下主席台来到接轨的地方剪彩。

剪彩后，两列火车上的司机从车上走下来互赠纪念品，握手致意后上车待发。

过了一会儿，代表团首长和主席台上的代表分别坐上列车向北、向南而去。

少数人坐到成都或昆明，大部分到经久或西昌北站后下车回西昌。

参加通车典礼的南北两列崭新的列车是6月30日就

开来停在会场附近的。

10万军民庄严站立在铁道两侧,气球挂着巨幅长标语飘入阳光灿烂的天空。

随着远方传来响亮的汽笛声,接着两列披红挂彩的客车从南北方向开来,刹那间,人潮如涌,锣鼓喧天,满山遍野欢声雷动。

通车仪式上,火车轰鸣着启动的一刹那,在场的每一个勘测、设计、施工人员都禁不住热泪盈眶。那是幸福的泪水,那是欣喜的泪水。

他们觉得,多少年所经历的一切磨难和艰辛,在那一刻全部化成了自豪与甜蜜。

人们回忆,以前,西昌到成都全靠汽车运输,而且全是土路便道,路窄,弯多,坡陡速度慢,汽车过后尘土飞扬。

那时,从西昌到成都第一天住石棉,第二天住雅安或荥经,第三天才能到达。而且雨天公路经常塌方交通中断,出行困难。

人们想起1964年攀钢上马,大量的建筑物资和机器设备靠汽车运进来,中央从河南、安徽、北京等地调汽车队来运输货物,将西昌广场作为停车场。

那时,每天在停车场都有专人指挥停车,广场内每天下午都停满了汽车,每个车队有数十辆车同行,前面一辆汽车挂上"后有车队"的牌子,最后一辆汽车上又挂有"车队过完"的牌子,那时的汽车真多。人们盼望早日修通成昆铁路解决运输难和出差难的问题。今天人们多年的愿望终于实现了。

1970年7月3日，在昆明市东风广场举行了"成昆铁路七一全线胜利通车庆祝大会"。

专家考察成昆铁路

1970年7月1日虽然举行了成昆铁路通车典礼，然而，由于成昆铁路的特殊意义，那时的报刊、电台、杂志都没有报道大会盛况。

直到1974年3月22日，新华社才播发了一条消息：《穿越高山江河，列车一往无前》，向全世界宣布了新中国的这一伟大壮举。

1975年，铁道部会同地质部门组织专家对成昆铁路全线做了回访考察。

专家们的结论是：

线路的地质工作，铁路选线和工程地质问题的处理是成功的。

专家们说，党中央和全国人民当初担心的战争虽然没有打响，但是成昆铁路的重要作用却有目共睹。

他们说，成昆铁路改善了西南地区的交通条件，密切了西南边疆与全国各地的联系，加强了民族团结，促进了区域经济的发展。

一位社会学家考察后，写评论称：

成昆铁路和攀钢建设至少影响和改变了西南地区2000万人的命运，使西南荒塞地区整整进步了50年。成昆铁路与贵昆、川黔、成渝铁路相连，构成了西南环状路网，并有宝成、湘黔、黔桂三条通往西北、中南、华南的通道，彻底改变了建国前西南几乎没有像样铁路的历史。

　　在成昆铁路铺通的同时，1970年7月10日，攀枝花钢铁厂一号高炉正式投产。最终在一片荒凉干热的河谷间，形成了中国最大的铁路用钢、钒制品、钛原料和钛白粉生产基地和西部重要的重工业城市。依托成昆铁路，重要的航天基地西昌卫星发射中心也在70年代末被建立起来。

还有专家说：

　　成昆铁路至少推动中国的铁路工程技术进步了半个世纪；不是跨越，不是跳跃，是飞跃！

评选为联合国特别奖

1971年10月25日,这是一个伟大的日子,中国恢复了在联合国一切机构的合法席位,中华人民共和国的国旗从此在联合国总部高高地飘扬。

联合国成员国有向联合国总部赠送礼品的惯例,中国作为一个大国,自然也应该向联合国赠送一两件代表中国古老文明、独具特色的礼品。

在周恩来的亲自过问下,经过反复斟酌,最后决定赠送两件:一件是巨型长城挂毯,另一件是用整块象牙雕刻而成的成昆铁路缩影。

在赠送礼品那天,乔冠华团长和联合国秘书长瓦尔德海姆都出席仪式。

那天上午,在二楼宽敞的主厅中央临时摆起了一个铺着洁白桌布的讲台,台上簇拥着一批来自各国的高级外交官。

赠送仪式开始后,乔冠华简短致辞,他说,这两件礼品是中国人民的心意,期望和联合国进行良好的合作。

乔冠华接着介绍了两件礼品的含义:长城挂毯体现了中国的古老历史和悠久文化;成昆铁路象牙雕刻象征中国的建设成就。

瓦尔德海姆在答辞中,称赞中国的古老文明以及两件礼品的珍贵价值。

1984年12月8日,美国纽约哈德逊湾,早晨的浓雾已经散尽,市中心曼哈顿开始了往日的喧嚣。

冬日难得的阳光照耀着39层高的联合国大厦,在它那大片玻璃幕墙上反射出闪烁的光晕。

就在这一天,这座为世人所瞩目的大厦,注定再一次成为世界新闻的热点。

10时20分,联合国官员在会议大厅里向各国代表郑重宣布:

> 象征人类征服大自然和进入宇宙空间的三件礼物,被评为联合国特别奖。

这三件礼物是:

> 中国,成昆铁路象牙雕刻艺术品。
> 美国,阿波罗宇宙飞船带回来的月球岩石。
> 苏联,第一颗人造卫星模型。

这三件礼物分别代表了人类在20世纪创造的三项伟大杰作,三项具有划时代意义的杰作!

这一天,也许是联合国这个矛盾纷繁、论辩迭出的国际机构最为轻松的一天。

此时,大厅里气氛热烈,不同肤色、不同国别的外交官们纷纷走到中、美、苏三国代表团的座席前,向他们表达人类共有的情感。

成昆铁路象牙雕刻是中国政府赠送给联合国的一件精美礼品,此次被排在三件礼品特别奖的首位。

成昆铁路象牙雕刻艺术地浓缩了中国在险峻山区修建一条铁路干线的伟大创举。

成昆铁路穿越地质大断裂带,设计难度之大和工程之艰巨,均属前所未有。

成昆铁路沿线山势陡峭,奇峰耸立,深涧密布,沟壑纵横,地形和地质极为复杂,素有"地质博物馆"之称,曾被外国专家断定为"修路禁区"。

而成昆铁路的修筑,为人类在险峻复杂的山区建设高标准的铁路创造了成功的范例,堪称世界筑路史上的辉煌奇迹。

1985年,成昆线荣获国家科学技术进步奖。

本书主要参考资料

《国史全鉴》本书编委会编 团结出版社
《共和国五十年珍贵档案》中央档案馆编 中国档案出版社
《中国现代史资料选辑》彭明主编 中国人民大学出版社
《中国革命史丛书》郭军宁编写 新华出版社
《共和国开国岁月》张国星 何明著 中共党史出版社
《风云七十年》郭德宏主编 解放军文艺出版社
《铁道兵回忆史料》中国人民解放军历史资料丛书编审委员会编 解放军出版社
《三线建设铸造丰碑》王春才主编 四川人民出版社
《铁道兵不了情》宋绍明主编 解放军文艺出版社
《穿越大裂谷》王春才主编 四川人民出版社
《万水千山只等闲》四川人民出版社编 四川人民出版社
《邓小平与中国铁路》孙连捷著 中共中央党校出版社